TAKE
SHOBO

冷酷と噂の公爵閣下と婚約破棄された悪役令嬢のしあわせ結婚生活

御厨 翠

Illustration
Ciel

蜜猫
MitsuNeko

contents

イラスト／Ｃｉｅｌ

冷酷と噂の公爵閣下と婚約破棄された悪役令嬢のしあわせ結婚生活

プロローグ

この日、トラウゴット王国城の大広間には、国内の主だった高位貴族が集っていた。

トラウゴット・ユーリウス王太子と、彼の婚約者であるベアトリーセ・クラテンシュタイン公爵令嬢の婚約が正式に発表されるためである。

ところが、王太子の隣にいるのはベアトリーセではなく別の女性だった。

この場にいる誰もが違和感を覚えている中、広間の中心に立っているユーリウスが高々と言い放つ。

「公爵家令嬢、ベアトリーセ・クラテンシュタイン！　貴様の悪行の数々は聞き及んでいる。よって王太子トラウゴット・ユーリウスは、貴様との婚約を破棄《はき》し、ここにいるミーネ・アイゲン男爵家令嬢との婚約を宣言する！」

ありえない事態を目の当たりにし、周囲に動揺が広がった。招待客は、ベアトリーセとの婚約が発表されると思っていたのだから無理もない。

だが、王太子に寄り添うように立っている女性――ミーネは、勝ち誇ったような笑みを浮かべている。

「お許しください。わたしと殿下は愛し合っているのです。どれだけ邪魔をされようと、自分の気持ちに嘘《うそ》はつけません！」

堂々と宣言したミーネを愛《いと》しげに見つめ、ユーリウスが彼女の髪を撫《な》でる。

やに下がったその顔は明らかに恋人に対するものであり、周囲の動揺など気にも留《と》めていない。それどころか、自らが正義だと言わんばかりに目の前に立つベアトリーセを断罪する。

「ベアトリーセ、貴様は公爵家の権威を振りかざし、ミーネに数々の嫌がらせを行ったそうだな。そのような卑劣な人間は、王太子妃にふさわしくない」

「畏《おそ》れながら申し上げますが、事実無根にございます」

口角泡を飛ばす王太子に、ベアトリーセが毅然《きぜん》と告げた。しかしその声を遮るように、ミーネが口を挟む。

「わたしはもうずっと前から嫌がらせに耐えてきました。パーティではわたしのドレスに嫌みを言われたし、お茶会では仲間はずれにされたこともあります。挙げ句、そちらの扇で怪我《けが》を負わせられ……」

「ミーネ、それ以上はいい。つらいことを思い出したくはないだろう」

悪女に苛《いじ》められた被害者よろしく言い募るミーネを、ユーリウスは励ましている。誰が見ても、仲睦《むつ》まじい恋人同士の姿だ。一方、責められたベアトリーセは、表情をいっさい変えず内心でため息を零《こぼ》した。

彼女のドレスについて口を出したのは、単純にその場にふさわしくなかったから。

トラウゴット王国には、王族、もしくは、その配偶者に相当する者でなければ身につけられない色が存在する。この国の貴族なら誰しも知っている常識だったが、ミーネはたやすくその決まり事を破った。

王族にのみ許された尊色《そんしょく》、深紅を身につけていたのである。

しかもそれは、半年前――ユーリウスの誕生パーティでの出来事だった。

王太子の婚約者としてミーネの振る舞いを看過できない。彼女の行為を無視するのは、王家の権威を踏《ふ》み躙《にじ》るのと同義だからだ。

だからこそ注意を促《うなが》したのだが、彼女はそれを嫌みとしか受け取っていなかった。

「クラテンシュタイン家の名誉をかけて申し上げますが、わたくしはアイゲン嬢を貶《おとし》めたことは誓ってございません」

先ほどミーネから責められた出来事を懇切丁寧に説明したが、王太子と男爵令嬢は耳を貸さなかった。ふたりの前に立ちはだかるベアトリーセこそが諸悪の根源だと信じて疑わず、悪女だ、非道だと罵声を浴びせかけられる。

（……それにしても、厄介なことになってしまったわ）

ベアトリーセの意識が前方へ向く。

王太子たちの後方にいたひときわ体格のいい男性ふたりは、視線だけで相手を射殺してしまいそうなほどの形相でユーリウスを睨《にら》みつけている。

（お父さまはともかく、お兄さままで……これは、ただで済みそうもないわね）

ベアトリーセの父と兄は、トラウゴット王国の南部を守護する軍を率いている。その武勇から、クラテンシュタイン家は『鉄壁《てっぺき》の守護神』の異名を持っていた。

熱血漢の父アーベルと、冷静沈着な兄のフランツ。一見正反対なふたりの共通点は、ベアトリーセに関する事柄に我を失うということ。母のナターリエがこの場にいれば抑止力になってくれただろうが、残念ながら体調不良により領地で静養している。

明らかな殺気を放っている父に対し、兄はなんとか理性を保ち父を押《お》し留《とど》めている状態だった。そんな親子の姿を壇上から見下ろし、国王夫妻は青ざめている。

クラテンシュタイン家の娘を王太子妃に、と望んだのは国王と王妃だ。ユーリウスと年齢も近く、家格も問題ないベアトリーセは、王太子妃となるべく幼少時より教育を受けた。

この数年、厳しい妃教育に耐えてきた。ユーリウスに対して愛情は持てなかったが、それでも将来この国を背負う人物を支えようと敬意を持って接してきた。

そうして迎えた婚約披露の場でこの仕打ちである。

（本当はもっと怒るべきなのかもしれないけれど、自分よりも怒っている人がいると冷静になるものね）

ユーリウスとミーネに視線を戻せば、互いの姿しか見えていないようだ。王家の威信を揺るがす醜聞だというのに、彼らはまったく意に介していなかった。

「貴様、ミーネの証言を聞いても、まだ自身の悪事を認めないというのか！」

「そう申されましても……。アイゲン嬢に怪我を負わせたというのも事実とは異なりますわ。この扇を譲ってほしいと仰《おっしゃ》ったのでお見せしたところ、わたくしの手から奪い取ったのですわ。もちろん、この扇は普通のご令嬢には扱えないと忠告はしましてよ？」

ベアトリーセは自身の持つ扇を広げ、口元を隠す。

この扇は、クラテンシュタイン家の女性のみが所持できる特注品だ。薄い骨子にレースと真珠があしらわれた優美な品だが、骨子に鉄が使用されているため重量がある。いざというときの武器として携帯している代物だが、その扱いはひどく難しい。

軍人の家系に生まれ育ったベアトリーセは、幼きころより父と兄に鍛えられている。鉄の扇の扱いは母から習っていたため、怪我をするようなことはない。そもそも貴族の子女は、他人の物をねだるなど浅ましいと考えるものだ。

ミーネはそういった常識をことごとく知らず、それどころか教えを請おうとする姿勢もない。ほかの令嬢が見るに見かねて教示しようとすると、馬鹿にしていると被害者ぶる始末だ。

ゆえに、事故は起きた。忠告していたにもかかわらず、扇を奪い取ったミーネは、重さに耐えきれず落としたうえ、手首を負傷してしまったのである。

「わたくしの言葉を信じられないのでしたら、証人もおりますのでお調べくださいませ」

「ふん、証人とやらは、どうせ公爵家の力を使っていいなりにしている人間なのだろう？　話を聞くまでもない」

懇々と顛末《てんまつ》を聞かせたベアトリーセだが、ユーリウスはそれでも恋人に肩入れした。周囲が見えていないのだ。せめて国王と王妃に目を向けていたならば、ここまで堂々と振る舞えはしなかったろう。

パーティの招待客は、騒動を遠巻きにして見守っている。国王は側近に何某かを指示していたが、これだけ大事になっては火消しも難しいだろう。

ベアトリーセは小さく息をついた。この馬鹿げた舞台を一刻も早く終わらせることが、自分の最後の仕事だ。

そう思い口を開きかけたとき、ユーリウスから思いがけない言葉が発せられた。

「ベアトリーセ、貴様との婚約は破棄する。だが、これまでの卑劣な行いを悔い改めるというのであれば機会を与えよう」

「……機会、でございますか？」

小首を傾《かし》げると、王太子は居丈高に言い放つ。

「正妃にはできないが、側仕えとして侍《はべ》ることを許す。これまで学んだ王太子妃としての知識をミーネに教え、彼女を支える役目を与えよう」

慈悲を施してやるとでも言うかのように、ユーリウスが笑ったときである。

王城のパーティ会場には似つかわしくない衝撃音が響き渡った。

音の中心にいたのは、クラテンシュタイン家の父子である。アーベルは広間の円柱に拳《こぶし》をたたき付け、フランツは荘厳な飾り細工のある壁に拳をめり込ませていた。

それまで父を押し留める役目を担っていたフランツまでもが、怒りの頂点を迎えてしまった。ベアトリーセは今にも王太子を殴り飛ばしそうになっている彼らが行動する前に、美しい膝折礼《カーテシー》を見せた。

「ユーリウス殿下のお心は理解いたしました。婚約破棄、謹《つつし》んでお受けいたします。――ですが、側仕えの件につきましては辞退させていただきたく存じます」

王族からの要請に、否を唱えるのは不敬だ。とはいえ、婚約発表の場でほかの女性の肩を抱いているような王太子に払う敬意などない。

それでもお伺いを立てるべく国王と王妃にそっと視線を向ければ、息子の暴挙を止めてくれ、というように頷《うなず》かれた。もしもここでアーベルとフランツが王太子に詰め寄るようなことがあれば、収拾できなくなるとの判断だろう。

「貴様……私の温情が理解できないようだな」

ユーリウスの顔が引き攣《つ》る。しかし、ベアトリーセは動じない。

側仕えなどと言っているが、要するに厄介ごとをすべて押しつけようとしているのだ。貴族の常識すら知らないミーネを使い物になるまで教育させ、その間の執務も肩代わりさせるつもりなのは明らかだった。

公の場で婚約破棄をした相手を側仕えに望むなど、普通では考えられない暴挙だ。しかしユーリウスは、王太子の命に臣下が従うのは当然だと思っている。

「王太子に婚約破棄された女など、嫁のもらい手がないだろう。意地を張らずに王城で仕えるほうが身のためだぞ」

「ご心配痛み入りますわ。ですが、わたくしはアイゲン嬢への数々の嫌がらせにより婚約を破棄されたのです。身に覚えのないことでございますが、そのような人間に教育係など任せるのはいかがなものかと思いますわ」

扇を閉じたベアトリーセは、優美な笑みを浮かべた、

「殿下、アイゲン嬢、このたびはご婚約誠におめでとうございます」

非の打ち所のない笑みと優雅な所作に、周囲から感嘆の息が漏れた。

この場の主役は、王太子でもなければミーネでもない。ベアトリーセだ。周囲の反応を感じ取ったユーリウスの顔が険しくなったが、構うことなく国王と王妃に膝折礼をする。

「それでは、わたくしは失礼いたしますわ」

ベアトリーセのひと言が散会の合図となった。

大股で歩み寄ってきたアーベルとフランツは、姫を護《まも》る騎士のごとく左右に立つと肘を差し

出してくる。

父と兄に笑みを向けたベアトリーセは、ふたりのエスコートをありがたく受け入れた。

「お父さま、お兄さま、ありがとうございます」

「一刻も早く我が家へ戻ろう」

兄が気遣わしげにベアトリーセに声をかけ、父は「よくぞひとりであの場を耐えた」と、労《ねぎら》ってくれる。

（ひとまず、最悪の事態は免《まぬが》れたわ）

父と兄に囲まれてホッとしたのもつかの間、大広間を出る直前に立ち止まったアーベルが、首だけを振り向かせた。

「王よ、我が娘へのこの仕打ち、後日抗議させていただく！」

敵国へ向けて開戦を布告するかのように轟《とどろ》く父の声に、ベアトリーセの疲労は最高潮に達し、頭痛を覚えるのだった。

第一章　突然の求婚

トラウゴット王国は、温暖な気候と豊富な資源に恵まれた大国だ。ジグ大陸の三分の一を国土とし、王国の南に位置する鉱山から採掘される鉱石や北に広がる大海で採れる魚介類は、国の重要な輸出品になっている。

周辺諸国と表立った諍《いさか》いはないが、小競り合いは常にある。このため、時のトラウゴット国王は、建国以来武勇で名を馳《は》せていた二大公爵家に国境近くの広大な領地を与えた。これが公爵家を頂点とする南北守護軍の成り立ちである。

北の大地を護《まも》るのは、バルシュミーデ公爵家。南の大地を護るのは、クラテンシュタイン公爵家。両公爵家は建国から軍事面を任されている由緒ある家柄で、数多くの武功を立てている。

ベアトリーセは、王国の二大公爵家の一翼《いちよく》、クラテンシュタイン家の娘だ。

軍人として名高い父、社交界ではその名を知らぬ者はいないほど美貌を誇る母に、八つ年上の兄。三人の家族と優しい使用人に囲まれ、惜しみない愛情を注がれて育った。

クラテンシュタイン家は王家の信頼も厚く、王太子のユーリウスとベアトリーセの年が近いこともあり、ぜひにと請われて婚約が決まった。今から十年前のことである。

それからというもの、王太子妃となるべく妃教育に励むことになったベアトリーセだが、王家に嫁ぎたいかと問われれば否だ。責任ある立場に身を置く自信はなく、自分に務まるとは思えなかった。

とはいえ、王家からの命とあれば従わないわけにもいかない。王太子の婚約者となってからは、『王族を支えるのは貴族の義務』だと己を律し、妃教育も手を抜かなかった。

そうして正式に婚約披露の場を迎えたわけだが、待っていたのは婚約破棄だ。怒り狂う父と兄を宥《なだ》めつつ、領地へ戻ってきてから一週間。ようやく落ち着きを取り戻し、公爵邸で悠々自適に過ごしている。

「お嬢様、旦那様と奥様がお呼びです」

自室で読書をしていると、侍女のリーリヤに声をかけられた。本を閉じたベアトリーセは、「改まってどうしたのかしら」と立ち上がる。

「おふたりは執務室にいらっしゃいます。フランツ様もご同席だそうです」

「三人がお揃《そろ》いなら、おそらく婚約破棄についてのお話よね。王家から連絡があったのかもしれないわ」

何気なく口に出すと、リーリヤは可愛らしい顔を怒りに染めた。

「あんのくそ王子……っ」

「リーリヤ、言葉に気をつけなさい。さすがに不敬よ」

「ですが！　くそ王子……いえ、王太子殿下の仕打ちはあまりにも非道です！　あの日お支度をお手伝いして送り出したのは、お嬢様に屈辱を味わわせるためではございません！」

もともと彼女は王太子に対しいい印象を持っていなかった。だが、一年前に起きた〝ある事件〟をきっかけに、完全に『主の敵』と認定したようだ。

それでも、この優秀な侍女をはじめとする公爵家の使用人は、婚約披露パーティのためにベアトリーセを磨き上げてくれた。

光沢のある深紅のドレスに合うように化粧を施し、癖がなく流れるような艶《つや》のある銀髪を乱れなく編み込んだ。榛色《はしばみ》の瞳が映えるような宝石をはめ込んだネックレスを首元にあしらい、ベアトリーセの美しさを引き立たせるよう完璧に仕上げていた。

「せっかく用意してくれた皆には、申し訳なかったわ」

部屋を出ると、父の執務室へと足を向けたベアトリーセは、婚約披露パーティ当日を思い出し視線を下げた。

入念に準備をして送り出した侍女や使用人は、此度《こたび》の報《しら》せに落胆したことだろう。父母や兄にも心労をかけてしまい、それだけが悔やまれる。

「お嬢様が謝罪されることなど何もございません。わたしたち使用人は、お嬢様に幸せになっていただきたいだけなのです。それには、くそ……いえ、王太子では力不足だったというのに、まさか婚約を破棄などとふざけた真似《まね》をするなんて……！」

リーリヤはこの一週間ずっとこの勢いで怒りを募らせている。主の不幸を自分のことのように憤《いきどお》る彼女の言動にだいぶ救われていた。

「ありがとう。わたくしが穏やかに過ごせるのも、皆のおかげよ」

「お嬢様は美しいだけではなく、優しく清らかでいらっしゃいます。お許しさえあれば、今すぐにでもくそ王子を殺《や》りに行きますのに」

「……あなたが言うと、冗談に聞こえないのが怖いわね」

四歳年上のリーリヤは、かつては父の指揮する軍に所属していた元軍人である。ベアトリーセの妃教育が始まった時期に軍を退き、侍女兼護衛として仕えてくれている。

侍女になった当初は、それまでとはまったく違う職種に戸惑っていた。慣れない環境に苦戦する彼女を励まし、ともに勉強しているうちに姉妹のような関係になったのである。

「冗談ではありません。軍から退いたとはいえ腕はさび付いておりませんし、むしろお嬢様をお守りするべく日々研鑽《けんさん》を積んでおります」

軍服からお仕着せに仕事着を変えて仕えてくれているリーリヤには感謝していた。

癖のある赤毛をうなじで纏《まと》めて仕事をする姿は凛々《りり》しいが、ころころと変化する表情は可愛らしい。少々思想が過激なところはあるものの、これは上官だったアーベルとフランツの影響だろう。

「リーリヤの腕は確かよ。いつも感謝しているの。身の安全だけの話ではなく、あなたが常に寄り添ってくれるから、心が穏やかでいられるわ」

礼を告げたベアトリーセに、「もったいないお言葉です……っ」と、リーリヤが感激したところで、父の執務室の前についた。

それまで砕けた調子だったリーリヤは表情を改めると、執務室の扉をノックする。

「お嬢様をお連れいたしました」

「入りなさい」

アーベルの声が聞こえ、リーリヤが扉を開けた。室内の奥にある執務机には父が、部屋の中央にある長椅子には母と兄が向かい合って座っていた。

一礼をしたベアトリーセが入室したところで、執事が茶器を持って現れた。四人分の茶を淹《い》れたところで、父が執事とリーリヤを退室させた。

「……お父さま、何かあったのですか？」

珍しく渋面を作っている父母と兄に問いかける。父が、「座って話そう」と、長椅子へ移動したのを見て、ベアトリーセも兄の隣に腰を落ち着けた。

アーベルは、隣に座る母をちらりと見遣《みや》った。大柄な父とは対照的に、母のナターリエは小柄な女性だ。ベアトリーセの髪色や瞳の色は母譲りだが、兄のフランツは逞《たくま》しい体躯《たいく》や厳《いか》つい相貌を父から受け継いでいる。

『美女と野獣』だと揶揄《やゆ》されることも多い父母だが、貴族には珍しく恋愛結婚だという。互いを尊重して慈しむ両親は、ベアトリーセにとって理想的な夫婦の姿だ。

いつも話題に事欠かず明るい家族で、一緒にいると笑顔が絶えない。

しかし今日に限って、誰も口を開こうとしなかった。家族の珍しい姿に確信を抱いたベアトリーセは、自ら話を切り出した。

「お父さまのお顔から察するに、お話はわたくしの婚約破棄の件ですね？　お母さまは病み上がりですし、深刻なお話で心配をおかけするのは申し訳ないです」

体調を崩していた母を気遣うと、ナターリエは「大丈夫よ」と微笑《ほほえ》んだ。

「季節性の流感に罹《かか》ったけれど、今は全快しているわ。今日こうして集まったのは、婚約破棄のことではないの。どちらかと言えば、喜ばしい報せになるかしら」

「そうなのですか？」

意外な返答に目をしばたたかせると、アーベルがひどく不本意そうに眉根を寄せた。

「ナターリエはそう言うが、私もフランツも喜ばしいとは思えない」

「正直、俺も父上と同意見だ。喜ばしいどころか、不愉快極まりないとすら思う」

兄もまた、父と同じく難しい顔をしていた。ふたりとも厳つい面相のため、知らない人間が見ればさぞ恐ろしく見えるだろう。

（……お父さまたちとお母さまの感想が正反対なのはどうしてかしら）

不思議に思ったベアトリーセは、小首を傾げて母を見遣る。

通常は当主であるアーベルの権限が強いはずだが、クラテンシュタイン家において一番発言権があるのはナターリエだ。

アーベルは南方守護軍の司令官という立場もあり、領地の経営は実質ナターリエに任せている。このふたりの意見が食い違うことはほとんどないし、ふたりとも相手の意見を尊重する人たちだ。

「話の筋がまだ見えてこないのですけれど……事情を聞かせていただけますか？」

ベアトリーセの視線を受け止めたナターリエは、ふう、と、ため息をついた。

「まずは、事実から伝えましょう。——ベアトリーセ、あなたに縁談の話があります」

「縁談……？」

予想外の言葉につい大きな声を上げてしまい、慌てて口を噤《つぐ》む。

王太子から婚約破棄を言い渡されてからまだ一週間だ。濡《ぬ》れ衣《ぎぬ》だとはいえ、悪女の烙印《らくいん》まで押されている。いくら公爵家の令嬢といえども、醜聞のさなかにある令嬢を妻にと望む貴族は多くない。

しかも、王太子の不興を買って婚約破棄をされた形だ。ベアトリーセを娶《めと》るということは、次期国王であるユーリウスの機嫌を損なうことになる。

「わたくしは、もう縁談など無縁だと思っていました。ですから少し休んだあとは、南方守護軍に入隊し、事務方として働かせていただこうかと考えていたのです」

縁談の話が今後まったくないとは限らないが、あったとしても高齢の男性の後妻など、貴族社会とは距離を置いている家門から申し込まれるはずだ。高位貴族であるほどに家名を重んじ、進んで次期国王の機嫌を損ね、関係を悪化させるような真似はしない。

(それに世間では、『悪役令嬢』なんて言われているらしいものね)

王都では、平民の間でも婚約破棄の一件が知れ渡っているという。『公爵家の娘は王太子と男爵令嬢の恋路を邪魔した悪役令嬢』だと面白おかしく噂《うわさ》されていた。おそらくは、自身の名誉を守るため、ユーリウスが家臣に命じて流した話だろう。

「……今回の婚約破棄でお父さまたちに迷惑をかけてしまいました。わたくしにいただいた縁談がよいお話でしたら、お受けしたいと思います」

ベアトリーセの発言に、ナターリエが痛ましげに目を伏せる。

「わたくしは、あなたの希望を尊重するわ。今回の件でつらい想いをさせてしまったから、これ以上負担をかけたくはないの。軍で働きたいというならそれもいいし、縁談を受け入れるというのであれば取り計らいましょう」

ナターリエの言葉に、アーベルとフランツも大きく頷いている。

「そうだぞ、ベアトリーセ。そもそも王家から是非にと望まれて王太子との婚約を受け入れたが、クラテンシュタイン家は王家と縁を繋《つな》がずとも確固たる地位を築いている。むしろ、今回の王太子の蛮行で、国王も王妃も頭を抱えているのだ。おまえが私たちに迷惑をかけたことなど何もない」

「お父さま……」

「あなたの王城での振る舞いは立派なものだったと、アーベルとフランツからも、その場にいたわたくしの友人たちの手紙でも聞き及んでいます。むしろ迷惑をかけてきたのは王太子であり、息子を制御できない国王のほうでしょう」

「父上と母上のおっしゃるとおりだ。王家はベアトリーセに対して公式に謝罪すべきだと俺は思う。そもそも、おまえという婚約者がいながら他の女性と通じていたなど許されないことだ。あの場にいて、何度王太子を殴り飛ばそうと思ったことか……っ」

父母と兄は、心からベアトリーセを案じていた。家族の優しい気持ちを受け止めると、胸の奥が温かくなる。

王太子に愛情を抱いていたわけではない。貴族の義務として、王族を支えていくのだと己を律し、妃教育を受けてきた。

だが、〝とある事件〟がきっかけで、ユーリウスとの婚姻に不安を抱いた。今回の件でベアトリーセに咎《とが》があるとすれば、王太子への不信感を拭い去れなかった点にある。

（もう考えてもしかたのないことね）

自分の気持ちを封じて王太子妃となるべく努力してきたが、ユーリウスにとってベアトリーセは取るに足らない存在だった。それだけだ。

「あの男が王太子とは、この国の行く末が不安でならない。第二王子のマティアス殿下は聡明《そうめい》な方だというのに、浅慮と言わざるを得ないな。婚約を破棄した以上、クラテンシュタイン家が殿下を支持しないとわかるだろうに」

父の発言に、母も兄も頷いている。実際、高位貴族の半数が第二王子を支持していた。

ユーリウスより八つ年下のマティアスは、学問にも剣術にも長《た》けており、性格も穏やかだと評判だ。顔立ちがよく似た兄弟は事あるごとに比較されていたが、最近では第二王子のほうが王太子にふさわしいのではないかとひそかに話が飛び交っている。

そういった声は、国王夫妻の耳に入っていたのだろう。ベアトリーセは、以前、国王夫妻から内密に頼まれたのだ。『ユーリウスは王太子として未熟だが、どうか妃となって支えてやってほしい』と。

「両陛下から殿下のことを頼まれておりましたが、ご期待に添えることができませんでした。にもかかわらず、両陛下やマティアス殿下からは、『ユーリウスの独断で申し訳なかった』と謝罪のお手紙をいただいておりますし、王家に対して含むところはございません」

王太子の暴走には迷惑を被ったが、済んでしまった出来事はどうにもならない。だからベアトリーセは、これ以上大事になるのは望んでいなかった。

「殿下については、今までよりもさらに厳しく次期国王として教育すると、陛下からのお手紙にしたためられていました。ですから、この件はもう忘れることに決めたのです。殿下のご様子だと、結婚してから離縁を言い渡される可能性もありましたし、早いうちにお役目を辞することができてよかったと考えています」

これは、強がりでもなければ意地を張っているわけでもない。正直な今の気持ちだ。

笑顔で告げたベアトリーセは、三人の家族を順に見つめた。

「ところで話が逸《そ》れてしまいましたが、わたくしに結婚を申し込んでくださったのはどなたなのでしょうか？」

先ほど母は、『喜ばしい』と表現した。父と兄は不本意そうだが、もしも相手が胡散《うさん》臭い輩《やから》ならば、ベアトリーセに話す前に握りつぶしていただろう。むしろ、前向きに考えられる相手のはずである。

「殿下と婚約破棄をした経緯はご存じのはずです。それでも結婚を申し込んでくださるなんて、何かご事情があるのではないかと気になりますわ」

ベアトリーセの言葉を聞いた父と兄は、「相手はよからぬことを企《たくら》んでいてもおかしくないのだ」と、しかつめらしく語るが、母はそんなふたりに鋭い視線を投げた。

「アーベル、フランツ。少しお黙りなさい」

ぴしゃりと言い放たれたふたりは、肩を縮こまらせる。ナターリエはため息をつくと、優しい声音で話を続けた。

「アーベルとフランツがここまで過剰に反応するのは、クラテンシュタイン家にとって少々厄介であり、因縁のお相手だからなの」

「因縁……？」

「ベアトリーセに結婚を申し込んできたのは、ウィルフリード・バルシュミーデ公爵。――クラテンシュタイン家が長きにわたり宿敵としてきた家門よ」

母の言葉を聞いたベアトリーセは、驚きで声にならなかった。

（まさか、バルシュミーデ公爵から結婚を申し込まれるなんて……！）

南方守護軍を率いるクラテンシュタイン家と並び称されるのが、北方守護軍を頂点に立つバルシュミーデ家。トラウゴット王国の二大公爵家の一翼である。

両公爵家は、建国以来王家に尽くしてきた忠臣であり、歴史のある名家だ。

南方守護軍が隣国の侵攻を食い止めたと時の王から報償を賜《たまわ》れば、その翌年には北方守護軍が戦功を立てて新たな領地を獲得するなど、二大公爵家はその存在を常に意識してきた。だが、王国の南北に領地があったため表立った交流はなく、また、競うように手柄を立てていたことから、いつしか両家の間に対抗心が芽生えていった。

大きな転機となったのは、今から二百年前に開催された剣術大会である。

優勝者は国王より宝剣が賜れるとあって、ふたつの公爵家は己の武を認めさせようと勇んで参加した。当然優勝はクラテンシュタイン家とバルシュミーデ家で争われることになったが、ベアトリーセの先祖はこのとき惜しくも優勝を逃した。

クラテンシュタイン家に伝わっている歴代当主の日記には、バルシュミーデ家に対する敵愾《てきがい》心《しん》が書き連ねられている。大会の戦績こそ五分だったが、両家ともに軍人として矜持《きょうじ》があるからこそ、互いの家を意識していたのだ。

両家はこれまで積極的な交流をしてこなかった。歴代の当主はそれでよしとしていたし、国王も口を挟むことはなかったという。『好敵手として南北の軍が切磋琢磨《せっさたくま》すれば問題ない』と考えていたようだ。

ちなみに、アーベルはバルシュミーデ前公爵と対戦したことがあったが、勝敗はやはり五分となった。南方守護軍の間では、互いに一歩も譲らない好試合だったと語り継がれている。

その後しばらくして流行病《はやりやまい》で前公爵夫妻が亡くなり、息子のウィルフリードが公爵位を継承、北方守護軍の総司令となった。

「我が家門の宿敵と言えるバルシュミーデ公爵が、なぜベアトリーセに求婚してきたのか……やはり、何か裏があってのことだろうな」

アーベルがそう言えば、フランツも「ベアトリーセとは共通の知人もいないし、知り合う機会もなかった」と同意する。

クラテンシュタイン家とバルシュミーデ家は、夜会などでもめったに顔を合わせない。遭遇するとすれば、王家の主催するパーティくらいだ。それが、つい一週間前まで王太子の婚約者だったベアトリーセに求婚してきたのだから、裏を疑うのも無理はない。

（バルシュミーデ公爵とは、表向き接点がなかったことになっているものね。それにしてもどうして急に求婚を……）

驚きと戸惑いで思考が乱れている間に、父や兄はバルシュミーデ公爵が何を企んでいるのかを論じている。「陛下から依頼されたのではないか」「いや、我が領の鉱山資源を狙っているのやもしれん」などと言い合うのを聞き、我に返ったベアトリーセは、慌てて口を挟んだ。

「お父さま、お兄さま。バルシュミーデ公爵は、我が家に不利となるような謀《はかりごと》を巡らせるようなお方ではございません」

断言したベアトリーセに、三人は瞠目《どうもく》する。最初に疑問を口に出したのはナターリエだった。

「なぜそう思うの？　あなたは直接関わりがない人物でしょう？」

「……じつは、一年前の建国記念パーティでお会いしているのです。あの方は、わたくしが殿下に襲われかけたところを助けてくださいました」

「なに⁉」

椅子から立ち上がりそうな勢いで反応したのは、アーベルとフランツだ。

バルシュミーデ公爵とベアトリーセが顔見知りであったことよりも、王太子に襲われかけていたという衝撃が上回ったようだ。それまで冷静だった母もまた、「次期国王ともあろう者がなんてことを」と呟《つぶや》き、静かに怒りを滾《たぎ》らせている。

一年前の事件を知っている人間は、バルシュミーデ公爵以外には、侍女のリーリヤだけだ。大事にすれば、自分のみならずユーリウスの評判にも関わる。ただでさえ第二王子の立太子を望む声も高まっている中、醜聞は避けるべきだと考えて口止めをしたのだった。

「黙っていて申し訳ありませんでした。……あの事件でわたくしは、殿下をお支えしていく自信を失ってしまったのです」

ベアトリーセは一度言葉を切ると、家族に初めて一年前の事件について説明を始めた。

建国記念パーティが開かれていたその日、王城は言祝《ことほ》ぎに溢《あふ》れていた。

王太子の婚約者であるベアトリーセも当然出席し、ユーリウスのエスコートを受けている。ふたりのもとへは多くの貴族が挨拶に訪れた。『結婚式を心待ちにしている』『今から世継ぎの誕生が楽しみだ』などと言い、次期国王と王妃となる者にすり寄ってきた。

そつなく受け答えをし、時には場を和ませる会話を心がけていたベアトリーセだが、ユーリウスの挙動をひそかに注視している。

飽きっぽいところのある彼は、だいたいこの手のパーティは途中で抜け出してしまう。それだけならまだしも、最近は好みの女性を見繕って側近に連れてこさせるという。強引な手段を用いることもあるのだと、王妃から相談されていた。

『ユーリウスがパーティを抜け出さないように、気をつけていてちょうだい。何かあったらわたくしに報せてほしいの。これ以上愚行を重ねると、あの子は廃嫡されてしまうわ』

涙ぐみながら頼まれれば、ベアトリーセに拒否権はない。『婚約者として力を尽くします』と、王妃の依頼を引き受けた。

ユーリウスの素行が目に見えて悪くなったのは、第二王子のマティアスの評判が高まってきてからだ。それまでは王太子としての自覚を持って行動していたが、弟より劣っているという事実が彼の心を徐々に荒《すさ》ませていた。

身分を盾に居丈高に振る舞うようになり、そうした行いが自身の名誉を傷つけるという悪循環に陥ったのである。

——今日は建国記念パーティだもの。殿下が抜け出せば、心ない噂をする者たちを喜ばせてしまうわ。

どれだけ隠そうとしても、悪い噂話《うわさばなし》ほど本人に届いてしまうものだ。弟王子と比較されて笑い飛ばせる性格ならいいが、自尊心の高い彼には無理な話だった。

ベアトリーセに望まれているのは、未来の妃として王太子の理解者となり支えること。ユーリウスが王冠を頭上に冠するその日まで、彼の盾になることだ。

ところが、ベアトリーセの献身は、ほかならぬユーリウスによって裏切られた。彼は人目を盗み、会場を抜け出してしまったのである。

すぐさま王太子についていた護衛たちに話を聞いたところ、『部屋に戻る』と言って会場を出て行ったという。一度は止めたものの、『私の言うことが聞けなければ解雇だ』などと脅されて、『殿下をお諫《いさ》めできませんでした』と悔いている。

――自分を守ってくれる人に対して、権力を振りかざして脅すなんて。

王太子を否定しかけたベアトリーセは、即座に気持ちを切り替えた。

ぐずぐずしている暇はない。建国記念パーティの最後には、王族が揃って行う儀式がある。もしも欠席するようなことになれば、今以上に王太子としての資質を問われるだろう。

「わたくしは殿下をお捜しいたします。あなた方は、両陛下に報告を。ひとりは、わたくしとともにいらしてくださいますか」

数名の護衛に告げると、ごく自然な動作で会場を出た。

向かったのは、王太子の私室がある方角だった。王族の居室はパーティ会場とはだいぶ離れた場所にあるため、ユーリウスはまだ部屋に戻っていないはずだ。

いかに婚約者といえども、王族の居住区へは簡単に足を踏み入れられない。なんとしても王太子が部屋に戻る前に連れ戻さねばならず、気が《せ》急いてくる。

何事も起こらないことを願いつつ、護衛とともに廊下を進んでいたときである。

「きゃあ……ッ、お許しくださ い、殿下……っ」

静寂を切り裂くように、女性の切迫した声が耳に届いた。

足を止めた護衛が、ハッとしたようにベアトリーセの顔を窺う。一度頷くと、急いで悲鳴が聞こえたほうへと急いだ。

——あ……っ！

護衛の先導で廊下の角を曲がった瞬間、目当ての人物が目に飛び込んできた。

その場にいたのはユーリウス、そして、彼に腕を掴《つか》まれて、今にも空き部屋へ引きずり込まれようとしている使用人の女性だった。

女性の泣き顔を見て状況をすぐに理解したベアトリーセは、すうっと表情を消した。

「——殿下、このようなところで何をされているのですか？」

冷ややかな声を投げかけると、ユーリウスがギョッとした顔をする。

「ベアトリーセ、なぜここに……」

「殿下をお捜ししておりました」

端的に目的を明かすと、ちらりと使用人を見遣った。王太子とその婚約者である公爵令嬢を前に、可哀想なほど萎縮している。

王城で働く使用人は身分に応じて仕事を割り振られているが、立ち居振る舞いを見るに、王族や貴族に接することのない下働きなのだろう。

ここでもユーリウスは、王太子の立場を利用して無体を働こうとしていたようだ。ベアトリーセは内心で憤りつつも、冷静に続けた。

「そこのあなた。乱れた服装で殿下の御前に立つとは、王城の使用人にあるまじき不敬ですわ。即刻この場から立ち去りなさい」

言いながら、彼女の袖口に目を向ける。もみ合った際に取れたのか、袖口の釦《ぼたん》がひとつ欠けていた。

もちろんこれは、単なる方便である。王太子から逃げるよう促しているのだ。

「も、申し訳ございません。失礼いたします」

女性は涙目で謝罪し、深々と礼をした。

ベアトリーセは連れてきた護衛に、「殿下とお話があります。あなたはあの者を使用人部屋へ連れて行きなさい」と、ユーリウスが口を出す前にそうそうにふたりを下がらせた。

使用人と護衛が廊下の角を曲がったのを確認したところで、ホッとする間もなく不機嫌そうな声が投げかけられる。

「どういうつもりだ」

「王城に勤める者が不適切な振る舞いをしていれば、正すのは当然でございます」

「はっ、すでに王太子妃にでもなったような物言いだな！」

皮肉げに吐き捨てたユーリウスは、ベアトリーセに近づいてきた。青い瞳に怒りを滾らせているのを見て、流れるようなしぐさで頭を垂れた。

「これも婚約者の務めかと、出過ぎた真似をいたしました。すべては、殿下の尊き御身をお守りするため。どうかご容赦くださいませ」

実際、ここでベアトリーセが止めに入らなければ、ユーリウスは使用人を手籠《てご》めにしていたはずだ。まかり間違って御子を授かったとしたら、いらぬ火種を生みかねない。

そもそも嫌がる女性を無理やり犯すなど、婚約者として看過できない。相手が王族だろうとも、間違いを正すのは臣下の務めだ。それは、クラテンシュタイン家の教えでもある。

「もしも女性をお望みでしたら、使用人ではなく玄人《くろうと》になさいませ。彼女たちは、身ごもらないよう避妊はしっかり行っていると聞き及んでおりますので」

「っ、馬鹿にするな！」

ユーリウスの怒声が誰もいない廊下に響き渡った。けれど、彼の癇癪《かんしゃく》は今に始まったことではなくもう慣れている。

――馬鹿にしているのはどちらなのかしらね。

建国記念という大事な行事を途中で抜け出したのみならず、婚約している身でありながら、ほかの女性に無理やり迫っているところを見せられたのだ。常識に照らし合わせるなら、ここで怒るのはベアトリーセのほうだろう。

脳裏を過《よぎ》ったそんな反発心を、胸の奥に押し込める。

自分まで感情的になれば、ユーリウスも引けなくなる。彼の怒りが鎮まるまでは、冷静にやり過ごすべきだ。

「申し訳ございません。出過ぎたことを申しました」

謝罪したベアトリーセだが、王太子の怒りは収まらずさらに激高する。

「形ばかりの謝罪などいらん！　だいたいおまえはいつもそうだ。己こそが正しいのだと信じて疑わず、私を軽んじているのだろう」

「そのようなことはございません」

「それなら証明してみせろ。おまえが私の相手をするなら、信じてやってもいいぞ」

口角を上げたユーリウスは、突如ベアトリーセの腕を掴んだ。力任せに引っ張られ、空き部屋の中に突き飛ばされる。

「うっ……」

床に転倒して低く呻《うめ》くも、彼は構わず扉を閉めた。廊下から射《さ》し込《こ》んでいた光が途切れ、窓の外に輝く月明かりだけが唯一の光源となった室内で、ユーリウスに見下ろされる。

「私の婚約者ならば、いつもそうして跪《ひざまず》け」

身の危険を感じたのは、本能的なものだった。

ベアトリーセは、素早く室内に視線を巡らせる。しかし調度品は最小限しかなく、大きな長椅子と卓子《テーブル》があるのみで身を隠せるような場所はない。

「あの女の代わりに、おまえが私に抱かれろ」

内心で焦っていると、ユーリウスがゆっくりと近づいてくる。

「どうせ婚約しているのだから、子ができても問題はない。婚約者なら俺を苛立《いらだ》たせるのではなく癒やしたらどうだ」

欲望に塗《まみ》れた視線を注がれて、背筋に悪寒が走る。恐怖からではない。明確に抱いた嫌悪感が、身体の反応として表われたのだ。

トラウゴット王国において、貴族の正式な婚姻は国王の許可が必要だ。王の署名が記された婚姻許可証を教会に提出し、初めて夫婦と認められる。

婚約期間に子を成したとしても処罰などはないが、肩身の狭い思いをすることになる。教会の教えにより、婚前交渉を由としないからだ。

近年は昔ほどは周囲の目も厳しくはないと聞くが、長年培われてきた価値観は簡単に覆ることはない。高位貴族であるほどに伝統を重んじることから、閨《ねや》教育では「正式に婚姻が認められる前に肌を重ねるべきでない」と言われるほどだ。

――殿下もご存じのはずなのに。

つまりユーリウスは、ベアトリーセの名誉が失われても構わないと思っているのだ。

王族とはいえ、あまりに傲慢な言動だった。政略で結ばれるのだとしても、せめてよりよい関係を築き、夫婦として歩んでいければいいと考えていた。けれど、ユーリウスはそのようなことを望んでいなかった。

「……わたくしは、殿下をお慰めするほどの技量は持ち合わせておりませんわ。それに、国王様と王妃様に顔向けができない行動は慎みたく存じます」

立ち上がったベアトリーセは、今はただ王太子を無事に会場へ連れ戻すことに専念しようと決意する。

――おそらく結婚後も、両陛下のように睦まじく過ごすのは無理ね。それならわたしは、お役目をまっとうすることだけを考えればいいのだわ。

心の奥にあったわずかばかりの〝結婚に対する憧れ〟が見事に砕け散った、その瞬間。

「おまえはいつも冷静で可愛げがない。この状況に動揺していれば、少しは可愛く感じただろうが……先が思いやられるな」

眉根を寄せて呟いたユーリウスは、ベアトリーセの手首を掴んだ。そのまま引きずられるように移動すると、長椅子の上に押し倒される。

「気位の高い女も、閨では男の下で可愛らしく喘《あえ》ぐと聞く。おまえはどうかな」

「っ……！」

品位の欠片《かけら》すら感じられないユーリウスの言動にぞっとする。

彼を補佐し、王国のために尽くそうと、これまで厳しい教育にも耐えてきた。だが、ただ自分の欲望を果たすために尊厳を踏み躙られようとしている今、王太子に対する尊敬も愛情も持てなかった。

――逃げなければ。でも、どうやって？

ユーリウスの拘束から抜け出して部屋を出たとしても、人気もなく助けは呼べない。近くには窓があるが、人の出入りを想定されていない造りで脱出経路にはなり得ない。

ベアトリーセの脳内は驚くほどに冷静だった。むろん動揺はしているが、軍人一家で育ち、幼いころから父や兄に護身術をたたき込まれているため平静を保てている。

公爵令嬢として、どのような危険が迫るかもわからない。自分の身を守れるならそれに越したことはないというのが彼らの考えだった。

——こういうときは、たしか……。

『危険が迫ったら、まず相手の目を狙うんだ。どれだけ屈強な人間でも、眼球は剥《む》き出しだからな。その際は躊躇《ちゅうちょ》せずひと突きでいけ』

こうだ、と、人差し指と中指で鋭く眼を突く真似をしていたのは父。

『男相手なら、股間に思いきり蹴りを入れてやればいい。しばらくは動けなくなる』

そう言って、鍛錬用の人形相手に重い膝蹴りをしていたのは兄である。

しかし、彼らの指導を思い出すも、現状で実践は難しかった。

王家への忠誠を誓う公爵家の娘が王族を傷つける真似をすれば、たとえ相手に非が在ろうとも不敬罪になる。膝蹴りならまだ実行できそうではあるが、足の間に身体を入れられてしまい身動きが取れずそれも無理だ。

「こんなときでも、顔色ひとつ変えないとは……つまらない女だ」

ユーリウスは言葉とともに、ベアトリーセの襟ぐりを強引に開いた。その拍子に胸元を飾っていた宝石が布から外れ、床に落ちてしまう。

「殿下、おやめくださいっ……っ」

これまでよりも強く声を張るも、ユーリウスを止める効果はなかった。

体重をかけるようにして覆いかぶさってきた彼は、ベアトリーセの首筋に顔を埋めてきた。意に沿わぬ行為への不快感で、全身に怖気《おぞけ》が走る。

──このままでは、本当に穢《けが》されてしまう……！

なんとか逃れようと身をよじるも、上から押さえつけられているため動けない。その合間にも彼に身体をまさぐられ、制止の声を上げるだけで精いっぱいだった。

──わたしはなんのために頑張ってきたの？

ユーリウスに踏み躙られるために今まで妃教育に打ち込んでいたのかと思うと、どうしようもなく虚《むな》しくなってくる。

「おとなしくしろ！　おまえの態度しだいでは、公爵家に累が及ぶぞ？」

ベアトリーセが言うことを聞かなければ、クラテンシュタイン家への制裁も辞さないと匂わせるユーリウスに、思わず言葉を返した。

「クラテンシュタイン家は長年王家に尽くし、トラウゴット王国の盾として他国の脅威から我が国を護ってきたのです。殿下は、公爵家の忠誠を否定なさるのですか？」

個人的にどう感じていようと、公私を分けて考えねばならない。将来国を背負う立場にある人物ならなおのこと。

「黙れ！　おまえはただ美しく着飾り、私に付き従っていればいい。賢《さか》しい妃など望んでいないのに、なぜそれがわからない……！」

ユーリウスの怒声が室内の空気を揺らす。だが、ベアトリーセは彼の剣幕《けんまく》よりも、その内容に心を抉《えぐ》られた。

――それは、殿下を飾り立てる宝石とどう違うの？

実家で育《はぐく》まれた貴族としての在り方も、王太子妃となるための教育も否定されれば、これまでの努力がすべて無駄だと言われたようなものだった。

婚約者が放った本音という名の刃が、容赦なくベアトリーセの心に突き立てられる。

すぐに返答できずにいると、ユーリウスが勝ち誇ったような笑みを浮かべた。

「おまえは口を開かなければ美しい。今後は、この深紅のドレスを着るにふさわしい振る舞いを心がけることだ。婚約者としてせいぜい私の機嫌を取るがいい」

ユーリウスの手が、布の上から胸のふくらみに触れる。

王族、もしくはその婚約者にのみ身につけることが許される深紅のドレス。この色を纏う者は誰よりも己に厳しい者でなければいけないと教わり、身の引き締まる思いでいた。けれど、そんな自分が今は滑稽に感じられる。

──わたしが間違っているの……？

自分自身の在り方を見失いかけたベアトリーセだが、ユーリウスにドレスの裾を捲《めく》られてハッとする。

もう王太子には何も期待せず、ただ責務をまっとうすることを考えればいい。与えられた役割を果たせば、クラテンシュタイン家に迷惑をかけることはないだろう。

しかし、欲望のはけ口として抱かれるのは、婚約者の役目ではない。

「おやめください、殿下！　わたくしは、このようなことをするために深紅を纏う権利を与えられたわけではございません……っ」

渾身《こんしん》の力を振り絞り、拒否を示したときだった。

勢いよく扉が開き、廊下を照らす光が室内に射し込んだ。けれどその光はすぐに、影で覆われてしまう。入り口に人が立ったからだ。

逆光で顔は見えないが、やけに大きな人影から男性なのだとわかる。とっさに反応できずにいると、男性はゆっくりと歩み寄ってきた。

「殿下、こちらにいたのですか」

「ウィルフリード……なぜここに！」

動揺したのか、ユーリウスが弾《はじ》かれたように長椅子から退いた。ベアトリーセは急いで起き上がると、胸元を手で押さえて彼らに背を向ける。

──ウィルフリード、って……北の公爵様……!?

現国王の妹を母に持つ、王家の血脈を受け継いでいる男。父母の公爵夫妻を流行病で亡くし、若くして公爵位に就いた北方守護軍の頂点に立つ人物である。

社交の場にはめったに顔を出さないが、建記念パーティということで城へ足を運んだのだろう。ちらりと窺うように見れば、ウィルフリードはユーリウスの前で腕組みをしている。

「ただならぬ声を聞き来てみれば、まさか殿下がいらっしゃるとは」

「婚約者との逢瀬《おうせ》を楽しんでいただけだ。気にするな」

悪びれもせず答えるユーリウスに、ウィルフリードが喉を鳴らす。

「もうパーティも終盤です。このあとに控える儀式を忘れたわけではないでしょう」

ユーリウスを相手に跪くどころか一歩も引かずに諫めている姿は、ほかの人間にない威圧感を放っている。まだ若く、王太子とは七つしか違わないというのに、その佇《たたず》まいは歴戦の猛者の風格があった。

「……っ、うるさい！　私に指図するな！」

さすがに軍人としても名高い従兄《いとこ》が相手では分が悪いと悟ったのか、ユーリウスは苛々《いらいら》とした様子で部屋を立ち去った。

「まったく……困った従弟殿だ」

ため息混じりに呟いたウィルフリードは、扉の外へ向けて指示を飛ばした。数名の部下を連れていたらしく、ひとりには王太子を会場まで送り届けるように、もうひとりには部屋の明かりをつけるよう命じ、自身の外套《がいとう》を脱いだ。

「ウィルフリード・バルシュミーデだ。あなたは、クラテンシュタイン家のご令嬢で間違いないか？」

「は、はい。ご挨拶が遅れて申し訳ございません。クラテンシュタイン公爵の娘でベアトリーセと申します。このような見苦しい姿でご挨拶するご無礼をお許しください」

「あなたが謝ることは何もない。悪いのはユーリウスだろう」

断言したウィルフリードは、自身の外套をベアトリーセの肩にそっとかけた。

「ひとまず、その外套で我慢してくれ」

「ありがとうございます……」

礼を告げたところで、部屋の明かりがついた。一瞬目が眩《くら》んだベアトリーセは、目を何度か瞬かせる。ようやく視界が戻ってきてウィルフリードを見上げれば、これまで見たことのない美貌に息を呑《の》む。

――この方が、『赤眼《せきがん》の戦神』……。

髪色と同じ漆黒の軍服は、北方守護軍の正装だ。バルシュミーデ家の紋章である両翼を広げた鷹《たか》の襟章を立襟に、胸には戦績や功績を物語る徽章《きしょう》が多く飾られ、北方守護軍の名声を誇示していた。

彫刻のように整った容姿だが、目を引くのは瞳の色だ。ウィルフリードの持つ異名、「赤眼の戦神」は、赫々《かっかく》と燃えるような彼の瞳になぞらえたもので、畏怖の象徴となっている。

神々の奇跡を一身に集めたような強烈な美貌を持つ彼は、希有《けう》な容姿のことよりも、冷酷という噂のほうが多くある。

数年前に王都を騒がせていた人身売買組織の幹部を捕縛した際、見せしめとして三日三晩自ら拷問をしたという。

また、自領で起こった犯罪や他国軍の越境についても厳しい措置を取るらしく、『バルシュミーデ領に足を踏み入れた犯罪者は生きて戻れない』などと、まことしやかに囁《ささや》かれていた。

——だけど、噂ほど恐ろしい方には見えないわ。

肩にかけてくれた外套の温かさは、知らずと緊張していた気持ちを落ち着かせてくれた。

「殿下をお諫めくださり感謝申し上げます。公爵閣下がいらっしゃらなければ、殿下が思《おも》い留《とど》まられることはなかったでしょう」

「俺は何もしていない。礼なら殿下の護衛に伝えてくれ。それと、使用人だな。彼らはあなたをひどく案じていた」

先ほど下がらせた護衛と使用人は、遅れて登城したウィルフリードと廊下で鉢合わせた。ただならぬふたりの様子に何があったのか尋ねたところ、王太子の暴挙とベアトリーセの危機を伝えられた。そこで急ぎこの場へ駆けつけた、というのが事のあらましだった。

——結果的に、殿下にとっては一番穏便に事が済んだことになるわ。

国王夫妻を除き、王太子を制することのできる人間は限られている。従兄であり、その武功を讃《たた》えられているウィルフリードでなければ、ユーリウスも簡単に引き下がらなかったはずだ。

だが、ベアトリーセにとっては、ある意味複雑な人物に助けられたことになる。

バルシュミーデ家はクラテンシュタイン家にとって、宿敵とも呼べる家門だ。逆に言えば、相手にとってもまた、顔を合わせて気分のいい人間とは言えないだろう。

にもかかわらず、ウィルフリードは紳士的な態度で接し、こちらを気遣ってくれている。冷酷と恐れられ、大陸に名を轟かせる異名を持つ男には見えないのが不思議だ。

赤い瞳をベアトリーセへ向けたウィルフリードは、胸に手を当てて頭を下げた。

「あなたには恐ろしい思いをさせたな。殿下に代わり謝罪する。後ほど厳重に注意するよう陛下に進言しよう」

「閣下……！　どうかそのような真似はおやめくださいませ！」

驚いたベアトリーセは、いつになく焦った声で彼を止めた。ウィルフリードになんら責のない事由であり、彼が頭を下げる必要はまったくないからだ。

「あれでも一応身内だからな。こちらに非があれば謝罪は当たり前だろう」

当然だと言わんばかりの態度に困惑していると、彼はベアトリーセと一定の距離を保ったまま、扉の脇に控えている部下を見遣った。

「今日パーティには、公爵夫妻や兄上は出席されているか？」

「はい。父と兄と来ております。母は体調が優れず欠席しておりますが」

「では、父上か兄上に事情を話してこちらへ来ていただくよう手配しよう。あなたもそのほうが安心だろう」

部下に目配せしたウィルフリードを見て、「お待ちください」と声をかけた。

「過分なご配慮痛み入ります。ですが、建国記念の大切な儀式を控える中で大事にしたくないのです。父と兄が此度の件を知れば……場が荒れる恐れがございます」

アーベルもフランツも、相手が王族だろうと臆する人たちではない。愛する者が理不尽に傷つけられたならば、その身を賭して王太子への処罰を国王へ進言するはずだ。

「お気遣いいただいたうえに、このようなお願いをするのは心苦しいのですが……可能であれば、我が家の馬車で待機している侍女を呼んでいただきたく存じます」

馬車の中には今、専属侍女のリーリヤが控えている。信を置いている彼女であれば、主の意を汲《く》み行動してくれる。

「わかった。すぐに呼ばせよう」

ウィルフリードは、人目を避けて侍女を連れてくるよう部下に命じた。自分の希望が叶《かな》えられたことに安堵《あんど》しつつ、ベアトリーセはようやく息を大きく吐き出す。

気づけば、かすかに手が震えていた。

何があろうと動じずに表情を変えないことから、社交界でベアトリーセは『氷の薔薇《ばら》』と呼ばれていた。冷たい女性の意だろうが、たとえそれが揶揄されたあだ名でも構わなかった。王太子を支えるという役目があったからだ。

王太子妃になるのなら、何があろうと他者に感情を読ませてはならないと教育された。だからあだ名されるほど冷静に見えているのなら、努力の甲斐《かい》があったというものだ。

――それなのに、情けないわ。

自身を戒しめていると、ウィルフリードが不意にその場に屈《かが》んだ。

「これは、あなたのものか？」

「あっ……」

彼の手のひらに乗っていたのは、ユーリウスに襲われたとき胸元から落ちた宝石だった。

「ありがとうございます。先ほどドレスから外れてしまったものですわ」

「……宝石が落ちるほど乱暴な扱いをされておきながら、あなたは陛下に訴えないのか？」

端整な顔に憂いの色を滲《にじ》ませた彼を見て、噂は当てにならないものだと実感する。

こうして適切な距離を保ちつつ声をかけてくれるのはありがたい。話しているうちに少しずつ気持ちが落ち着き、状況を整理できるからだ。

尊き血筋でありながら、こちらに寄り添ってくれる彼が冷酷だとは思えなかった。

「両陛下には、殿下を頼むと言われております。殿下についての噂や行動もある程度把握したうえで、わたくしに託されたのです」

「……殿下の教育まで担当するとは、あなたの負担がずいぶんと大きいと思うが」

「閣下にそうおっしゃっていただくだけで、報われる思いですわ」

これはベアトリーセの本心だ。長いこと交流のなかったバルシュミーデ公爵家の当主を相手に、含みのない会話をするなど通常はありえない。

けれど、身内をかばい立てすることなく道理を通そうとする彼の気持ちに救われた。おそらくウィルフリードは今、損得勘定なく接してくれている。公爵令嬢として社交の場で培《つちか》われてきた直感だが、あながち外れていないだろう。

「公爵家に生まれ、貴族の特権を享受してきたのです。これからは、この国のために身を捧《ささ》げていく所存にございます。両陛下や殿下がわたくしを妃に選んでくださったのなら、生涯をかけてお役目をまっとういたします」

たとえユーリウスが尊敬できない人物で、結婚生活に不安があろうとも、個人の感情でどうにかできる話ではない。ならば、前向きに自分の置かれた状況に向き合うべきだ。これまで施された妃教育を無為にしないためにも、諦めるわけにいかない。

「あなたの覚悟はわかった。だが、誠意も献身も通じない相手はいる。自分が壊される前に相手を見限ったとしても、責められることじゃない。クラテンシュタイン家には、あなたの意思を無碍《むげ》にする方はいないと思うが」

「なぜ……おわかりになるのですか?」

「南の公爵家の噂は、我が領地にも届く。家族の結束が強く、領民も明るく逞しいとな。アーベル・クラテンシュタイン殿の人柄なのだろう」

ふ、と、ウィルフリードが微笑した。完璧な相貌に刻まれた笑みは、何者にも脅かされない確固とした自信が窺える。先代の公爵が亡くなってから自ら成し遂げた戦功が、その地位以上に彼を支えていた。

「お褒めにあずかり光栄です。閣下からのお言葉を聞けば、家族も喜びましょう」

「どうだろうな。娘に近づくなと、威嚇されるかもしれない」

「まあ……閣下は我が家のことをよくご存じですのね」

「『南の公爵は娘を溺愛している』という噂から推測したに過ぎない。もうひとつ言わせてもらえば、あなたが王太子の暴挙を大事にしたくないと考えているのは、家族に王家への不信感を持たせたくないからだ。違うか?」

まるですべてを見透かされているような気分になり、つい視線を泳がせる。

ウィルフリードは、少し話しただけでベアトリーセの本心を見抜いていた。状況を把握し、分析する能力に長けているのだ。

先ほどクラテンシュタイン家の噂を語っていたが、彼は社交界に顔を出さない。噂を仕入れたのは社交ではなく、バルシュミーデ家の諜報《ちょうほう》活動の一環なのだろう。

「あなたの高潔な意思に倣い、俺も誓おう。クラテンシュタイン嬢、殿下の件で何か困ったことがあればいつでも頼ってくれ。力になれることがあると思う」

——きっと、殿下の悪い噂も耳に入っているのだわ。

ユーリウスの悪評は、日に日に大きくなっている。先ほどの一件は、噂が真実だと印象づけるには充分だろう。そのうえで助力を申し出てくれたのだから、やはり彼は冷酷ではない。少なくともベアトリーセにとっては恩人だ。

「お気遣い感謝申し上げます。……閣下のお気持ちは、胸に刻んでおきますわ」

ウィルフリードの優しさに触れ、自然と笑みが零れる。すると彼は、なぜか驚いたようにベアトリーセを凝視した。

「閣下……？」

「ああ、いや……笑うとずいぶん印象が違うと思ってな」

「『王太子の婚約者は、氷のごとき冷たい女だ』などという噂もありますものね」

「そういう意味で言ったのではないが、気に障ったか？」

「いいえ。ただ、わたくしのあだ名もお耳に入っているだろうと思っただけですわ」

『氷の薔薇』——社交界でそう呼ばれるようになったのは、王太子の婚約者になってしばらく経《た》ったころだ。妃教育が始まり、感情を表に出すことを禁じられてからというもの、素直な言葉を発せられず、幾重にも装飾を施して本心を隠す話し方に矯正されていった、努力の甲斐あって、ベアトリーセは王太子の婚約者として確固たる地位を築き上げた。だが淑女として完璧に振る舞う隙のなさから、いつしか『氷の薔薇』と呼ばれるようになっていた。

クラテンシュタイン家と距離を置く家門は、このあだ名を否定的な意味で使用している。『薔薇のように美しいが、氷のように温度を感じさせない』――そんな意味が込められているため、あまり知られたくはないあだ名だ。

「その名は聞き及んでいるが、悪い印象は持っていなかったな。むしろ、俺のほうがよほどひどい噂が多い。あなたも知っていると思うが」

ごく自然に告げられたベアトリーセは、答えあぐねて口を噤《つぐ》む。

普段、返答に困った場合は、肯定も否定もせずに笑ってやり過ごす。下手なことを言うよりも、しぐさや表情で相手に解釈させる。高位貴族がよく取る手法だ。

けれど、ウィルフリード相手では、その手の誤魔化《ごまか》しは通用しそうにない。それに、彼には本心で話をしたいと思わせる何かがある。

「噂は存じ上げておりますが、当てにならないものだと実感いたしました。少なくとも、真偽のわからない噂よりも、今日お話させていただいた閣下を信じますわ」

「では今日は、互いの誤解が解けたというわけか」

彼に小さく頷いたものの、小さな胸の痛みを覚えた。

ただ普通に出会っていたのなら、今日を境に交流が始まったかもしれない。クラテンシュタイン家とバルシュミーデ家の関係が改善すれば、王家に嫁ぐうえでベアトリーセも心強い。

しかし残念ながら、この邂逅《かいこう》は封印せねばならない。

「助けていただいたうえに厚かましいとは存じますが、閣下にお願いがございます。今日この場で見聞きしたことは、秘匿していただきたいのです」

ベアトリーセの言葉を聞いたウィルフリードは、かすかに目を見開いた。

「……殿下の件が公《おおやけ》になれば、王太子の地位が危うくなると？」

やはり彼は察しがよく、少ない言葉からベアトリーセの意図を読み取っていた。

ウィルフリードとの会話は心地よかった。こちらの考えを歪曲《わいきょく》して捉えられる心配がないからだ。含むところなく会話を交わせる人間は限られている。特に王太子の婚約者となってからは、家族と侍女の前以外は常に気を許せなかった。

――でも、この方なら大丈夫。

恐ろしい噂と異名を轟かせる北の公爵。けれど、腹の内側を見せないほかの貴族よりもよほど信用できる。

「幸い人目にはついておりません。殿下の失脚を狙う者に利用されかねない以上、公になる事態は避けねばなりません。婚約者のわたくしが、あの方のお立場を危うくするような真似をするわけにはいかないのです」

「理解はできる。しかし、根本的な解決にはならないぞ」

「承知しております。……ですが、殿下が王太子の座を降りることがあるとしても、このような事件をきっかけにさせたくないのです」

周囲の声が今以上に大きくなり、ユーリウスの廃嫡へ向けて動き出すとすれば、ベアトリーセに止めるすべはない。王の資質を証明すべきは王太子本人で、周囲から否を突きつけられぬよう励むべきなのだ。

「殿下に襲われた使用人は、ひとまずこちらで保護いたします。鉢合わせをすれば、彼女も恐ろしいでしょうから。閣下にご迷惑はおかけしませんので……どうかお願いいたします」

「あなたは他人のことばかり気にしているな。だが、自分をもう少し大事にしたほうがいい。そうでなければ、いつか壊れてしまう」

ウィルフリードはため息をつき、ベアトリーセを見つめた。

「『氷の薔薇』と交流したことは俺の胸に秘めておく。ただし、この件であなたが不利益を被《こうむ》る事態に陥った場合は、その限りではないが」

「え……」

「殿下が心を入れ替えて、王太子としての自覚を持ってくれれば問題ない。ただ先ほどの様子では、あまり期待できないと思うぞ」

過度な期待もしなければ、嘲《あざけ》りも侮《あなど》りもしていない。事実のみを端的に述べているといったふうのウィルフリードだが、今のユーリウスへの評価としては間違っていない。彼だけではなく、国の重臣が抱く懸念でもある。

「ご配慮痛み入ります。本来であれば、正式にお礼をさせていただきたいところですが……」

「それは気にしなくていい。まずは家同士の確執をなんとかしなければならないな。ここで会ったことは内密にしても、出会いをなかったことにするのは惜しい」

ベアトリーセは思わず大きな目をしばたたかせた。彼と同じことを考えていたからだ。

ウィルフリードとここで縁が途切れるのは寂しいと思った。めったに社交の場に現れない彼とは偶然に頼っても会うのが難しい。

家同士の関係を改善しようとすれば、家族から理由を問われるに違いない。これまで関わりがなく、宿敵として互いの存在を認識していた両家が交流を図るのは難易度が高い。

「……今日ここで起きたことは忘れますが、『赤眼の戦神』が噂通りの人物ではないのだと、心に刻みますわ」

「いずれ正式に社交の場で会ったなら、俺は『氷の薔薇』にダンスを申し込む。……時が来れば親戚になるのだし、ダンスくらいならクラテンシュタイン公にも許していただけるだろう」

小さく頷いたベアトリーセは、だいぶ冷静になれたことを自覚する。

――閣下がいらっしゃらなければ、こんなふうに落ち着いて話せなかったわ。

王太子の暴挙がなければウィルフリードと話すこともなかった。そう思うと皮肉だが、彼と出会ったことで建国記念パーティが嫌な思い出にならずに済んだ。

「その日を楽しみにしておりますわ」

ベアトリーセは彼の赤眼を見つめると、親しい者だけに見せる笑みをウィルフリードに向けたのだった。


一年前の出来事を話し終え、家族を順に見まわしたベアトリーセだが、いつもはお喋《しゃべ》りな面々が一様に黙りこくっている。

「お父さま、お母さま、お兄さま。これまで黙っており申し訳ありませんでした。驚かせてしまいましたが、バルシュミーデ公爵閣下とわたくしは面識がございます。閣下は恐ろしい噂とは違い、とても思慮深くお優しい方でした。ですから、此度の求婚も、なんらかの裏があるお話ではなく……理由があるのだと思います」

一年前に助けられてから、ウィルフリードとは顔を合わせていなかった。

もともと社交に力を入れている人ではなかったし、簡単に会うことはできないと思っていた。それに加え、半年ほど前バルシュミーデ公爵領へ隣国の軍が越境し、あわや開戦かという事態に見舞われたのも理由のひとつだ。

ウィルフリードの指揮により、民や軍の被害もなく開戦は免《まぬが》れたものの、一時は王都の民も緊迫した空気を味わっていた。

王都でバルシュミーデ公爵領の状況を聞いたベアトリーセは、ひそかに彼を案じていた。

クラテンシュタイン公爵領も国境の守護を任されているため、他国とのにらみ合いは常にあるが、南部地域の情勢は比較的落ち着いている。

対する北部では、いまだに火種が燻《くすぶ》り続ける地域があると聞く。近隣諸国の中でも好戦的な国があり、機を窺うように領土侵犯を繰り返し、挑発してくるのだ。

数年に一度の割合でこうした小競り合いがあることから、バルシュミーデ家の歴代当主はめったに自領を留守にすることはなく、トラウゴット王国の領土を護っている。

この一年、ベアトリーセも社交や妃教育の合間にバルシュミーデ領について少し勉強したが、ウィルフリードの功績を知るほどに尊敬の念が増し、彼《か》の人の頼もしさに感じ入っていた。

「求婚をお受けするかどうかはともかく、一度閣下にお会いしてお礼を言いたいのです。そのときに、なぜわたくしに求婚してくださったのか理由をお聞きしたいですわ」

ベアトリーセが自分の考えを述べても、まだ家族は無言だった。

一年前の事件を秘匿した理由は、ベアトリーセの性格をよく知る家族なら理解するはずだ。ならば、彼らが引っかかりを感じているのは、宿敵であるバルシュミーデ家の当主から求婚があったことだろうか。

考えを巡らせていると、ようやく声を発したのは父である。

「まさか……我が娘をそのような危険な目に遭わせていたとは……ッ、なんということだ！」

自身の膝を拳で何度もたたき、父が怒りを表したかと思えば、

「ベアトリーセを側仕えになどと言い出したときも業腹だったが、そうか……王太子は、敬うに値しない屑《くず》だったのか」

兄は聞いたこともないような低い声で呟き、おもむろに立ち上がった。

「母上、至急王都へ向かいます。大事な妹をぞんざいに扱われて黙っていられるほど、俺は寛容な男ではありません」

「よく言った、フランツ！　よし、私も……」

「お待ちなさい」

フランツに続きアーベルが立ち上がったところで、ナターリエがそれを制した。

「それよりもまず、ベアトリーセに言うべきことがあるでしょう」

視線を合わせた母は、痛ましげに眉をひそめた。

「ひとりでずっと抱え込んできたのね、あなたは……。つらい目に遭ったときそばにいてあげられなくてごめんなさい。ふがいない母を許してちょうだい」

「お母さま……そんなことは……だってわたくしは、バルシュミーデ公爵閣下のおかげで無事でいられたのです。それに、一年前の出来事を胸に秘めたのはわたくしです。殿下のお立場がこれ以上危うくならないように計らったつもりでした」

だが、ベアトリーセの気持ちはユーリウスに届かなかった。それどころか、最悪の方法で踏

み躙られている。

この一年で、ユーリウスの態度が改善されることはなかった。王太子としての執務も何かにつけてベアトリーセに押しつけることが多く、『婚約者なのだから、王太子の補佐をするのは当然だ』と言う始末だ。

だからこそ、先のパーティで『側仕え』などという言葉が出てきたのだ。

ユーリウスが選んだ男爵令嬢のミーネは、妃教育はおろか貴族としての礼儀《マナー》も学んでいないような態度だった。彼女を王室に入れるとなれば、かなりの反発があるのは想像に難くない。

ゆえに王太子は、せめてミーネが礼儀作法を身につけるまでは、ベアトリーセに補佐をさせようと考えた。まさか断られるとは思ってもいなかったようだが。

「……婚約者としてお支えできなかったのはわたくしの力不足です。ですが、結婚前に妊娠も厭《いと》わずという姿勢や、側仕えとしてアイゲン嬢を補佐させようとする殿下の要望を呑むことができなかったのです」

絞り出すように告げたベアトリーセは、ウィルフリードの言葉を思い返す。

『あなたは他人のことばかり気にしているな。だが、自分をもう少し大事にしたほうがいい。そうでなければ、いつか壊れてしまう』

彼にそう言われた記憶があったから、婚約破棄の場でも心を強く保てた。役目を打ち棄《す》てて自分を大事にしていいのだと、ユーリウスに見切りをつけられたのだ。

「一年前に、殿下がそのような暴挙に出ていたなんて……パーティで婚約破棄をしたのも、ベアトリーセに拒まれた腹いせもあるのかもしれないわ。どちらにせよ、陛下たちにはしっかり責任は取っていただこうかしらね」

美しい顔を怒りに染めていた母は、「あなたが無事でよかった」と目を伏せた。

「もしも殿下に辱《はずかし》められていたなら、わたくしは己のすべてを捨ててでも彼の者を断罪したでしょう。もちろん今も、その思いは変わっていないわ。穢されていないとは言っても、ベアトリーセが傷ついたことに変わりはないのだから」

ナターリエは、これまでベアトリーセが私心を捨てて王家に尽くしてきたことを褒めたうえで、もう今後は王太子のために心を痛める必要はないと言ってくれた。

「あなたは誇り高きクラテンシュタイン家の娘。もう殿下のことなど気にすることはありません。結婚したくなければ一生家で過ごして構わないわ。自分を大事にして過ごし、疲れた心を癒やしなさい」

「……ありがとうございます、お母さま。バルシュミーデ公爵閣下にも、同じことを言われましたわ。『自分を大事にしろ』だなんて、家族以外で言ってくださる方がいるのですね。閣下とお話させていただいたとき、わたくし……感激したのです」

常に王太子の婚約者として周囲の期待を背負ってきた。自分の心を押し殺し、トラウゴット王国の未来の礎になるべく励んできた。

どれだけ努力しようと、人から気遣われることもなければ褒《ほ》め称《たた》えられることもない。まして、気遣ってくれる存在など王城にはいなかった。

「そう……バルシュミーデ公爵閣下は、わずかな会話であなたの本質を見抜いたのね」

微笑んだナターリエは、夫と息子を交互に見据えた。

「彼の方には、お礼を申し上げないといけませんね。さっそく書簡をしたためましょう。アーベルもフランツも、それでいいわね？」

それは、現公爵と次期公爵への確認だ。

バルシュミーデ家とは長年距離を取ってきたが、父母も兄も、身内を助けられて礼のひとつも言わないような人たちではない。

「では、私から書簡を出そう。求婚については即答しかねるが、礼をしたいということであれば問題あるまい。近隣であれば、我が領地に招いてもよいのだが……」

アーベルが悩ましげに眉を寄せる。

二大公爵家は、トラウゴット王国の南北に領地を構えているため、互いに行き来するのは日数を要する。クラテンシュタイン領から王都までは、馬車と船を用いて七日ほどかかり、その先にあるバルシュミーデ領まではさらに七日は必要だ。

王都を経由して南北に流れる運河を船で渡るためその程度の日数で済んでいるが、悪天候に見舞われればこの限りではない。加えて、途中にある所領の領主への挨拶も加えれば、順調に道中を進んだとしても半月を要する。簡単に呼びつけられる相手でもなければ距離でもなく、父が悩むのも頷けた。

「王都で落ち合うのが妥当では？」

フランツの発言に、「それはそうなのだけれど」と、ナターリエが難色を示す。

「これまで交流のなかったわたくしたちが王都で会うと、耳目を集めるでしょう。いらぬ憶測を呼ぶかもしれないわ」

ユーリウスに婚約破棄されたばかりとあり、クラテンシュタイン家はただでさえ注目されている。そこへ、宿敵とされているバルシュミーデ家の当主と会うとなれば、王家へ反旗を翻すのでは、などと言われかねない。

（……今も、そういう噂があるらしいし）

南方守護軍を率いて王家へ抗議に来るのではないかと、貴族の間でまことしやかに囁かれているらしい。第二王子を担ぎ上げている派閥が扇動している節もあるようで、下手に動けば政争に巻き込まれることになる。

「王都の近くまで互いに出向くとして、お忍びでお会いする場所があればよいのだけれど」

ナターリエが悩ましげにため息をついたとき、部屋の扉がノックされた。アーベルが入室許可を出すと、入ってきたのは家令である。

「お話中申し訳ございません。急ぎご覧いただいたほうがいいと思われる書簡が届きましたのでお持ちいたしました」

家令は、持ってきた銀製の盆を恭《うやうや》しく差し出した。

その場にいた全員の意識が、盆の上にある封筒に集中する。次の瞬間、封蠟《ふうろう》に押された印璽を見た一同が目を剥《む》いた。

（あっ……あの鷹の紋章は……！）

「これは、バルシュミーデ公爵からの書簡ではないか！」

バルシュミーデの紋章である両翼を広げた鷹の封蠟は、紛れもなくウィルフリードから送られてきたことを示している。

クラテンシュタイン家の当主宛てに送られてきたため、さっそく父は封を開けて中を確認している。皆が固唾を呑んで見守っていると、やがて読み終えたアーベルが一同を見まわした。

「バルシュミーデ公爵が、国王と謁見するらしい」

「えっ……閣下は今、王都にいらっしゃるのですか？」

ウィルフリードから婚姻の申し込みがあったのを知ったのが、つい今しがたである。ほとんど領地を離れず、王城にも顔を出さないと聞いていたが、珍しく自領を離れているようだ。

ベアトリーセと同じ疑問を持ったのか、フランツも怪訝《けげん》そうに目を細めた。

「それじゃあ、王都から求婚の申し込みをしてきたのか」

「いや、それはバルシュミーデ領から送ってきたようだ」

アーベルは皆に見えるように書簡を卓子の上に置いた。

父を除く三人で確認すると、綴《つづ》られている文字にまず見入ってしまう。美文字ではないが、わかりやすく丁寧に書かれている。おそらくこれは、彼の性格なのだろう。ウィルフリードの文字からは、他者に対する敬意が感じられた。

だが——。

「閣下がクラテンシュタイン領までいらっしゃるのですか……⁉」

書簡を読んだ驚いたベアトリーセが声を上げるも、母や兄も困惑していた。まさか公爵閣下御自ら遠路遙々《はるばる》やって来るなど、まったく予想できなかったことだ。

しかも彼は、今回のクラテンシュタイン家への訪問を周囲に内密にしているという。ごく少数の部下とともに移動しているため、人目につく心配はないとの報告と、突然の訪問になることへの詫《わ》びが記されていた。

「国王との謁見後、すぐにこちらへ来るそうだ」

「求婚伺いを我が家へ送ってすぐに、王都へ向かったということね。それなら、クラテンシュタイン領への到着は早くても七日後かしら。バルシュミーデ公は決断と行動が早い方ね」

ナターリエが感嘆し、フランツが頷いた。

貴族、ましてや尊き血筋の人物なのだから、自ら動く必要はない。だが彼は、ベアトリーセを助けてくれたときも、高位貴族の常識では測れない気遣いを見せていた。

「……まずは、ベアトリーセを助けてくれた礼をせねばならん。急ぎ、バルシュミーデ公を迎え入れる準備をせよ」

「では俺は、閣下をお迎えにまいりましょう。この屋敷までの経路は多くありません。王都へ向かう一番大きな街道をゆけば、いずれかで会うはずです。できれば、運河の入り口でお会いできればいいのですが」

父はすぐに家令に命じ、兄もまた率先してウィルフリードといち早く合流すべく動こうとしている。長年両家の間にある確執はひとまずおいて、まず身内が世話になった礼をしようとするのがクラテンシュタイン家だった。

（でも、こんなに急に会うことになるなんて。心の準備が全然できないわ）

この一年、ウィルフリードと交わした約束を忘れたことはない。彼の言葉を励みとし、助けてもらったこの身を大事にしようと思った。

いつか会えたときに、『あのとき助けてもらったおかげで、今の自分がいる』と胸を張って言いたかったのだが、婚約破棄になってしまったのが情けない。

（わたしへ求婚してくださったのは、陛下から内密に頼まれたのかもしれないわね）

王太子に婚約破棄されたとなると、ベアトリーセが新たな婚約者を得るのは難しくなる。王家として表立っての謝罪は出来ない変わりに、クラテンシュタイン家と家格が釣り合うバルシュミーデ家に婚姻を命じたのではないか。

従弟のために頭を下げるくらい責任感の強い彼のことだ。身勝手な理由で婚約破棄をされたベアトリーセを不憫《ふびん》に思い、求婚してくれたとしてもおかしくはない。

ベアトリーセを妻に望む理由はない以上、王命と考えるのが妥当だろう。

（……あの方が、殿下の引き起こした事件まで責任を取る必要はないのに）

彼と会ったなら、気にしないでほしいと伝えなければいけない。そう心に決めたベアトリーセだった。

＊

クラテンシュタイン家が驚きに包まれていたころ。ウィルフリード・バルシュミーデは、数ヶ月ぶりに足を踏み入れた王城で複雑な想いを抱いていた。

前回訪れたのは、バルシュミーデ公爵領に越境した隣国の軍を撃退した際の報告だ。そのときは、次に王城に来るときは彼女の結婚式になるだろうと思って気持ちが沈んだものだ。

（まさか、殿下がこれほど愚かだったとはな）

王太子が婚約破棄を宣言したと聞いたのは、バルシュミーデ公爵邸にいたときである。婚約披露パーティの招待状は届いていたが、理由をつけて辞退している。ベアトリーセがほかの男の隣にいる姿を見たくなかったのだ。

第一報を受けたウィルフリードは、にわかに信じられなかった。だが、婚約破棄が嘘でも冗談でもないと知るやいなや、すぐに行動を起こした。

まずは自領から両陛下への謁見伺いの書簡を、次にクラテンシュタイン家へ求婚願いを送っている。

これまで縁談は退けてきたため、側近からはひどく驚かれた。自分でも、性急な行動だと自覚がある。それでも、胸のうちに湧き上がる衝動を抑えられなかったのだ。

(彼女を側仕えにだと？　どこまで踏み躙れば気が済むんだ)

この一年、ベアトリーセと顔を合わせる機会は持てなかったが、その動向は常に耳に入れていた。王都をはじめ、各所領に放っている諜報員《ちょうほういん》から報告が上がるからだ。

北方守護軍の総司令官という立場から、情報は特に重要視している。近隣諸国の軍に少しでも不穏な動きがあればすぐ対処できるように、というのが一番の理由だが、それ以外に各地の領主らの見張りも兼ねている。反乱を起こそうとする輩が出ないとも限らず、不審な動きをしている人間を把握するのがバルシュミーデ公爵家代々当主の役割だった。

しかし、有事の際を想定して情報を握るウィルフリードをしても、ユーリウスの暴挙を事前に察知はできなかった。というよりも、挙動をあえて探らなかったというほうが正しい。

一年前にベアトリーセを襲った王太子は、その後も反省することなく怠惰な態度で過ごしていた。諜報員から報せがあるたびに、苛立ちが募った。婚約者がいながらほかの女性に手を出そうとする不誠実さも、面倒な執務を彼女に頼っている情けなさも、ウィルフリードの神経を逆なでしていた。

『そんなに気になるなら、殿下から奪っちゃえばいいんじゃないですか』

側近のニコラウス・ハンゼルマンにそう言われたのは、屋敷の執務室でベアトリーセの近況について聞いていたときだった。

ユーリウスに襲われていた彼女を助けて以降、ずっと気にかけていた。同じ軍人の家系であることから、クラテンシュタイン家とはいずれ交流できればと考えていたし、ベアトリーセとの縁がそのきっかけとなればいいと思ったのだ。

王太子妃となることを義務づけられた彼女は、その責任感ゆえか痛々しいほど気を張り詰めている。だから王都にいる諜報員たちに、『ベアトリーセに危機があれば助けるように』とひそかに命じ、その様子を見守ることにした。

ベアトリーセを調べていた者は、皆が彼女に好意的だった。というのも、報告書に必ず自身の感想を添えてくるのである。

『王太子の執務を肩代わりし、東部地域で起きた干ばつについて専門家に意見を募っていた。農作物の収穫減を見越し、翌年の東部地域の免税を進言する提案書を作成。東部の領主らからは〝薔薇様〟を支持する声が多数。しかし王太子案件のため、表向きの功労者は王太子になる模様。――手柄を横取りされる薔薇様がお可哀相です』

彼女の功績だというのに、何もしていない王太子が称賛されるのは許せない、といった内容のものもあれば、あるときは和やかな日常生活が垣間見える報告もあった。

『薔薇様は、登城した兄君とお忍びで城下街へ行かれた。菓子店で北部の果物を使った焼き菓子を兄君に勧めていた。北部の名産について詳しく話しておられるお姿に感動した』

報告を受けたときには微笑ましく思い、つい笑みを浮かべた。北部の名産に明るいのは、ウィルフリードと会話を交わした影響もあるだろう。

彼女の功績や努力を知ると励まされた。それと同時に、間近で手助けできないことをもどかしく感じた。

ウィルフリードが王城勤めであったなら、ベアトリーセが手掛けた仕事を王太子の実績にするような真似は許さない。そもそも、ユーリウスは彼女に甘えすぎている。今の時点で執務をおろそかにすれば、国王の座に就いたとて貴族らに侮《あなど》られてしまう。

――今のままでは、甘言に惑わされる愚王に成り下がるのは目に見えている。

国王も王妃も、けっして愚者ではない。ただ、ユーリウスへの期待を捨てきれずにいる。平民であればそれも許されるが、一国を統べる王となれば話は別だ。その器ではない者が王になれば、民にしわ寄せがくる。

王の器でなくとも、側近を優秀な人材で固めれば、あるいはユーリウスが王になる道もある。それでも現状では難しいと言わざるを得ないのだが。

――考えるほどに、殿下にはもったいない女性だ。

ほんのわずか接しただけのウィルフリードでも、彼女の聡明さと献身に心を打たれた。それなのになぜ、王太子は婚約者を大事にしないのか。

自分なら、これ以上なく大切にする。彼女を尊重し、慈しみ、守り、ほかの女性に目移りなど絶対にしない。

『もしかして、お気を悪くされましたか？』

ニコラウスに声をかけられて、思考の海に潜《もぐ》っていた意識が浮上する。

ひとりの女性の情報を集めるばかりか、秘密裏に助力するよう諜報員たちに命じている上官を見て思うところがあったのだろう。

たしかに奪ってしまいたいと思ったことは何度もある。ウィルフリードならば可能だ。

しかしそれは、ベアトリーセの努力を否定する行為になる。婚約者として王太子を支えようと務めている彼女の意思を無視し、自分のものにするような真似をすれば、ベアトリーセから信頼を得るのが難しくなる。

そこまで考えてハッとする。自覚していた以上に、彼女を特別に思っていたからだ。

『……この程度で気分を害すことはない。ただ、めったなことは口にするな。彼女は王太子の婚約者で、いずれは国母となる女性だ。手助けしたいと思うのは、あくまでも俺の勝手な感情に過ぎない』

自分でそう言った瞬間、石の塊を呑み込んだように胸が重苦しくなった。どうしてこのような状態になるのか、ウィルフリードは気づいている。

――だからと言って、どうなるものでもないがな。

ウィルフリードの答えが不満だったのか、ニコラウスは『薔薇様なら閣下にぴったりの奥様だと思いますけどね』などと残念そうに肩を落とす。

ちなみに〝薔薇様〟とは、ベアトリーセを指している。彼女の情報を集めている諜報員たちが、〝氷の薔薇〟のあだ名にちなんで付けた暗号名だが、今では感嘆と敬意をこめてそう呼ばれるようになった。

ベアトリーセは努力の人だ。彼女をよく知る者ほど称賛していた。

だが、残念なことに一番近しい存在であるユーリウスは、『婚約者なのだから王太子を補うのは当然』だと考え、使い潰そうとしている節さえ感じられる。

話を聞くたびに、もどかしい思いが募った。国王も王妃も、ベアトリーセの責任感に甘えすぎている。かといって、ウィルフリードは口を挟める立場にない。

できることといえば、彼女が困ったときに手を差し伸べる存在でいること。いざというときのために、周囲に気を配っておくことくらいだ。

『……せっかく好感を抱く女性に出会えたのに、その相手がよりによって王太子殿下の婚約者なんて。閣下はどれだけ不運なんですか？』

部下の遠慮ない物言いに、ウィルフリードの秀麗な顔が引き攣る。

『べつに、色恋じゃなくても、異性を気にかけることはあるだろう』

『少なくとも、私がお仕えするようになって以降、一度もありませんでしたよ。閣下は誰彼構わずいい顔をする方じゃない。薔薇様に何か感じるところがおありだったからこそ、人知れずお守りしているんでしょう？』

本当は、指摘されずともわかっていた。だが、認めたくなかった。

長年宿敵として存在していた家門の娘で、王太子の婚約者。初めて会話をしたときは、まず凛《りん》とした態度が印象的だった。だが、指先が小さく震えていたことに気づくと、弱さを見せられないその在りようがかつての自分と重なった。

若くして公爵家を継ぎ、北方守護軍を率いて国を守らなければならなかった。幼い弟妹や公爵家に仕えてくれている使用人、バルシュミーデ領の領民の生活が自身の両肩にかかっていると思うと、重圧に押しつぶされそうだった。

女性に目を向ける暇などなく、それでいいと思っていた。結婚せずとも、公爵位は弟に譲れば問題はない。弟妹が成人するまではすべてを領地とバルシュミーデ家を護ることに捧げようと決め、妻を持つなどとは考えていなかった。

ベアトリーセを初めて間近で見たとき、美しいと思った。だがそれは、ごく普通の人間が抱く感情で、恋愛的な意味はなかった――はずだった。

いつからか、彼女に纏《まつ》わる報告を聞くのが楽しみになっていた。王家に仕える貴族として、責務をまっとうしている彼女の様子に励まされた。

そうしているうちに、顔を見て声が聞きたいと思うようになった。あの美しい榛色の瞳に映りたい。初めて言葉を交わした状況は特殊だったから、次こそはごく普通の場で彼女と話したかった。

この時点で、すでにウィルフリードはベアトリーセに心を奪われている。にもかかわらず、自分を誤魔化した。王太子妃になるべくこれまで生きてきた彼女には、自分の想いなど邪魔になるだけだからだ。

その後も、何かにつけて彼女に関する情報は手に入れていた。だが、いよいよ婚約披露パーティの招待状が王家から送られてくると、さすがに気持ちが沈んだ。

婚約発表にわざわざ立ち会わずとも、結婚式には嫌でも出ることになる。それまでに気持ちを調えようと決め、パーティには参加しないことにしたのだが――そんなときに、事件が起きたのである。

（この機会、逃してなるものか）

ベアトリーセは、婚約破棄の場であっても〝氷の薔薇〟のあだ名にふさわしく、まったく動じなかったという。その場にいなくても、様子が頭に思い浮かぶ。王太子の厚顔な要望を撥《は》ね付けたと聞いたときは、さぞ痛快な場面だったろうと心の中で快哉《かいさい》した。

それでもきっと、誰もいないところでは恐ろしさに身を震わせることもあれば、涙を流すこともあるに違いない。自分がそばにいれば、ひとりで苦しませる真似はしない。

王城の長い廊下を進みながら、これまでの出来事を脳内で整理し終えたところで、国王と王妃の私室へ続く待機室の扉が見えた。

扉前に控えていた騎士はウィルフリードに気づくと、背筋を伸ばして胸に手をあてる。

通常、両陛下と会うとなると謁見の間へ通されるのが普通だ。だが、王族の血を引き、北方守護軍を任される公爵家の当主は、私的な場へ招かれることも多い。

謁見伺いの書簡を送り、返答を待たずに領地を出たが、国王や王妃は必ずウィルフリードのために時間を作るだろうと予測していた。こちらから願い出なければ、時を待たずして彼らから召喚されたに違いない。

「バルシュミーデ公、両陛下がいらっしゃいました」

私室へ続く扉を開き、侍女が頭を垂れる。ひとつ頷いて室内に足を踏み入れると、明らかに疲労の色が濃い国王と王妃が長椅子に腰掛けていた。

「王国の尊き光、両陛下にご挨拶申し上げます」

儀礼的に挨拶を述べると、国王は「挨拶はいい。それよりそなたが来てくれて助かった」と、ウィルフリードに座るよう促した。

「すでに聞き及んでいると思うが、ユーリウスがとんでもないことをしでかしてな……対応に苦慮していたところだ」

　国王はそう切り出し、王妃に目を向けた。

　自分の息子の愚かな行動に心を痛めているのか、常に朗らかな笑顔を絶やさなかった国母は、今にも泣き崩れてしまいそうなほど顔を歪《ゆが》め、手巾《ハンカチ》で目頭を押さえている。

「まさか、婚約披露の場であのような騒ぎを起こすなんて思わなかったわ。一時期に比べて、真面目に公務にも取り組んでいたのに」

「ようやく次期国王の自覚が出てきたと、私たちも喜んでいたところだったのだ。それが、このような形で裏切られるとはな」

　息子の行動を嘆く国王と王妃は、公人として国民の前に立つときとは違って弱り切っていた。

　ユーリウスは悪評が立っていたものの、これまで大きな問題を起こしたことはない。『いつかは立派な姿を見せてくれる』と信じていたのだろうが、見事に希望は打ち砕かれた。

（もっとも、公務に真面目に取り組んでいた、というのも怪しいものだがな）

「殿下は、執務をクラテンシュタイン嬢に任せきりで、ご自身は城下街で遊びほうけていたようですよ。視察という名目で城を出ていたようですが、殿下の護衛たちは毎回振り回されていたらしい。おそらく、件《くだん》の男爵令嬢とはそのときに出会ったのでしょう」

　ウィルフリードは自身が集めた情報と、登城してから聞いた話を纏めて国王と王妃に伝えた。

　視察などと言って外出し、その実態は単なる散策だと言っていたのは王太子の護衛騎士である。腹に据えかねていたらしく、少し水を向けただけでも言葉なめらかに語った。数名に軽く尋ねただけだったが、そのすべてが王太子の行動に困っていると証言している。

「あなた方は、クラテンシュタイン嬢に頼りすぎていた。挙げ句、衆人環視の前で婚約破棄されては、彼女の家族も黙ってはいないでしょう」

実際、パーティに参加していた貴族からは、『クラテンシュタイン公爵と次期公爵は王太子を射殺しそうなほど恐ろしい形相だった』と噂している。

クラテンシュタイン父子の怒りがその場で噴出しなかったのは、彼らの性格を鑑《かんが》みたベアトリーセがいち早く退出したからにほかならない。

「ベアトリーセは優秀な子だから……ユーリウスの助けになるだろうと……」

力なく呟く王妃に、ウィルフリードはため息をつく。

「自身が王太子妃になるべく学ばなければならない中、王太子の教育まで任されてはいささか荷が重いでしょう。いくら優秀な人材だろうと、王家のために使い潰していいはずがない。そのうえ彼女は、一年前に殿下に襲われかけていたんです」

「ど、どういうことだ!?　それは……！」

ウィルフリードの言葉に反応したのは国王だった。

その様子から、ベアトリーセは本当に誰にも何も言わず己の胸に秘めてきたことが窺える。

「彼女が隠していたことを自分が明かすのは憚《はばか》られますが……あなた方はユーリウスの心配ば

かりでクラテンシュタイン嬢への気遣いは感じられないので、あえて言わせてもらいます。一年前、殿下が彼女に乱暴しようとした場に俺は居合わせたのです」

ウィルフリードは、一年前に起きた出来事を、包み隠さず国王と王妃に伝えた。自分の証言だけで信用できぬなら、王太子の護衛騎士と使用人にも話を聞くよう申し添える。

ちなみに当時現場に居合わせた護衛騎士は、その後騎士団の副団長に昇格している。ウィルフリードがそれとなく口利きしたのだ。

ベアトリーセの身を案じ、ウィルフリードに声をかけてきた騎士は、ただ命令に従うだけではない柔軟性と騎士道精神がある。彼には〝目〟となってもらい、王城の様子も折につけ報せさせていた。

王太子が最初に手をつけようとしていた使用人についても聞き及んでいる。彼女に累が及ばぬように、ベアトリーセが使用人頭に口添えしたという。『パーティで空き室に連れ込まれかけていた』と、王太子が相手であったとは告げずに事実を明かし、そのうえで『夜に作業をする場合は、複数名で行うように』提案した。

そして使用人には、『もし王城で働くのがつらければ、公爵邸で働きなさい』などと言葉をかけ、かなり感謝されたそうだ。

「必要なら、彼らに証言を求めてください。喜んで答えてくれるでしょう」

「いや……いい。そなたを信用している。私たちは、ユーリウスを甘やかしすぎていたのだな。

ベアトリーセ嬢にも申し訳ないことをした」

国王が肩を落とし、片手で額を覆う。王妃もまた、かなり衝撃を受けているのか、顔が青ざめて痛々しいほどだった。

だが、彼女の心はもっと傷ついたはずだ。

自分の婚約者がほかの女性に襲いかかり、その挙げ句自分の純潔まで奪おうとした。そんな相手を信頼できないはずだが、それでも自身の役目を果たそうとしていた。

にもかかわらず、ユーリウスは最悪の形で裏切った。しかも腹立たしいのは、ベアトリーセの能力をさらに使い潰そうとしたことにある。

「王家としては、クラテンシュタイン家に誠心誠意、謝罪するしかないでしょう。間違っても、殿下が馬鹿な提案をしないように、おふたりから言い含めておくことです」

「その点は問題ない。ユーリウスにはしばらく頭を冷やさせる。謹慎を言い渡し、件の男爵令嬢とも会わないようきつく言ってある」

眉間にしわを刻んで国王が言う。だが、安心するのはまだ早い。王家とクラテンシュタイン家との関係を無視したうえに、男爵令嬢との浮気を堂々と皆の前で発表した戯《たわ》け者《もの》である。常識では考えられない行動を今後しないとも限らない。

（言っても詮無いことか。殿下の再教育は俺の仕事ではない）

今回の件で、ユーリウスの評価はさらに下がっている。挽回《ばんかい》できるかどうかは本人次第だが、ベアトリーセの助力がなければかなり険しい道になるだろう。

彼女がふたたび王家に召喚される事態に陥る前に先手を打つ。それが、ウィルフリードが迅速に動いた理由である。

「殿下については、両陛下のご判断次第でしょう。ただ、マティアス殿下への配慮も心に留めていただければと」

「マティアスか……あれも、ベアトリーセ嬢と同じように苦しんでいるのだろうな」

国王と王妃が悩ましげに顔を見合わせる。

第二王子は聡明で、王太子よりもよほど次代の国王の資質がある。とはいえ、まだ年若い彼が周囲の思惑に煩わされ、心を痛めないよう護らねばならない。それは、各地で情報を収集し、きな臭い話題も耳にしているからこその助言だ。

「マティアス殿下は、領地にいる弟妹を思い起こさせる方です。聡明ゆえに苦悩も多いでしょうが、このまま健《すこ》やかに育って欲しいと願っています」

「おまえの言葉は覚えておく。……ウィルフリードのような者がそばにいれば、王子たちのよき理解者となり模範となっただろうに。前公爵がまだ存命であればよかったが」

北方守護軍総司令の父が生きていれば、ウィルフリードを王子たちの教育係として王宮へ召喚することもできた。そう考えているようだが、ユーリウスには幼いころから嫌われているため、いい関係を築けるとは思えない。

嫌われるほど関わりを持たなかった王太子に悪感情を向けられるのは理由がある。ウィルフリードが〝赤眼〟を持っているせいだ。

王族の中でも稀《まれ》にしか現れないという赤眼を持つ男子には伝説があった。それは、建国の祖であるトラウゴット・バシリス王が、赤眼を持って生を享《う》けたことに由来する。

才知に長け、比類無き武勇を誇ったバシリスは、現在に至るまで様々な伝説が語られている賢王として名高い人物だった。

バシリス王にあやかり、トラウゴットの王家では、『赤眼の子はバシリス王の再来である』とし、『赤眼の男子を王に据えよ』と代々言い継がれてきた。ところが赤眼の子は王家でも産まれにくく、言い伝えを遂行するのは難しくなっていた。

しかし、それでも稀に生まれてくる赤眼の子は群を抜いて優秀だった。ある者は〝トラウゴットの叡智《えいち》〟と呼ばれ、ある者は〝トラウゴットの守護神〟と崇《あが》められ、その功績は王家の歴史に刻まれている。

ウィルフリードは赤眼だったことから、昔から王太子に敵視されていた。といっても、相手は年下だから可愛い嫉妬だと相手にせず、無用な王位争いを避けるために王位継承権を放棄、社交界には顔を出さずにほとんどを領地で過ごしていた。

「変えられない過去を嘆いても意味がありません」

国王と王妃に赤眼を据えたウィルフリードは、今日この場を訪れた一番の目的を告げる。

「――俺は、クラテンシュタイン公爵令嬢と婚姻を結びたいと考えています。両陛下には、此度の願いをどうかお聞き届けいただきたい」

「なんと……そなたがベアトリーセ嬢と……？」

よほど意外だったのか、国王に凝視される。王妃もまた、意外な組み合わせだと言わんばかりに頷いた。

「……ユーリウスがあのような形で彼女を裏切ったのだもの。ベアトリーセ嬢によい縁談を見つけるのが王家としての責任の取り方だと思っていたのよ。本当はあの子が目を覚ましてベアトリーセ嬢と復縁してくれればいいのだけれど」

「さすがに虫が良すぎますよ、それは。クラテンシュタイン家も許さないでしょう。もっとも、王家に縁がある俺の求婚も、受け入れてもらえるか怪しいですが」

ただでさえ長きにわたり宿敵とされてきた家門であり、そのうえ彼女を貶めた王家の血筋とくれば、忌避されても無理はない。

ただ、それは自分の努力次第でどうとでもなるとウィルフリードは思っている。それよりも、これ以上ユーリウスがベアトリーセに関わらないことが重要だ。今の王妃の発言からも、男爵令嬢では王太子妃は務まらないとわかっているのだ。

（まあ、当然だろうな）

ベアトリーセが何年もかけて培ってきた信頼や知識、人脈や所作にいたるまで、簡単に取って代われる人間などいない。

王家が男爵令嬢を王太子妃に迎え入れるのは難しい。それが、ろくに礼儀も弁《わきま》えていない令嬢ならなおさらだ。だからこそ、早く行動しなければならなかった。ベアトリーセを、確実に手に入れるために。

「俺はこれからクラテンシュタイン家へ向かいますが、何か伝言はありますか」

結婚の申し込みに行くのだと匂わせれば、国王も王妃も「いずれ日を改めて詫びがしたいと伝えてほしい」と言っている。頷いたウィルフリードは、「伝言は承りました」と立ち上がる。

「国王と王妃は、クラテンシュタイン家を蔑《ないがし》ろにするつもりはないとお伝えします。ご当主に会えれば、ですが」

「王位継承権を放棄したと言っても、そなたもバシリス王の血を受け継ぐ者。我らが言葉を預け、北の公爵自ら足を運ぶのだ。南の公爵もそう無碍に扱わないだろう」

楽観的な発言に聞こえるが、ある意味でそれは正しい。

ただ、普通の貴族ならともかく、相手はあのクラテンシュタイン家だ。王家の威光が通じる相手ではない。

国王は、ウィルフリードの求婚を幸いとし、南の公爵家と手打ちにしたいと考えている。そして王妃は、まだベアトリーセを諦めたくないようだ。王太子妃として申し分のない家柄と素養を持つ娘などそうはいない。王妃と彼女の仲は良好だったというし、縁が切れてしまうのを惜しむのも頷ける。

（だが、今回だけは俺も引けない）

国王と王妃に挨拶を済ませたウィルフリードは、部屋を後にした。

（筋は通した。あとは、クラテンシュタイン公と次期公爵へ話を通さなければ）

王族として求婚するわけではない。国王はそう望んでいるが、思惑通りに動くつもりなど微塵《みじん》もなかった。

ベアトリーセにたどり着くまでの道のりはまだ遠い。とはいえ、彼女と縁を結ぶためならそれも苦ではない。

自然と足取りが軽くなる。今日は王都に泊まり、明日の朝から馬車を走らせることになるが、もともと少数での移動だから時間はかからない。

（近日中にクラテンシュタイン領に到着すると、先触れを出したほうがいいだろうな）

彼女に会える日はもうすぐそこまで迫っている。万全を期して求婚すべく、考えを巡らせていたときである。

「ウィルフリード……！　貴様がなぜここにいる？」

怒声を浴びせかけられて振り向けば、醜聞をまき散らした張本人、ユーリウスが大股で歩み寄ってきた。

（相変わらず礼儀のなっていない。なぜこうも、自分に不利になる行動ばかりするんだか）

心の中で呆《あき》れ果《は》てながらも、ウィルフリードは胸に手をあてて礼をとる。

「ウィルフリード・バルシュミーデが、王太子殿下にご挨拶申し上げます」

「ちょうどいいところで会った。貴様は父上と母上のお気に入りだろう。私の謹慎を解くように取りなしてくれ」

王家と公爵家との間で取り決められた婚約を勝手に破棄した王太子は、自らの暴挙で謹慎を言い渡されたにもかかわらず、部屋で反省するでもなく城内を歩き回っていた。

護衛の騎士たちは、制止もできず困ったようにユーリウスを見ている。王太子にもの申せる人間がいないのだ。だからこそ増長するのだが、ウィルフリードが面倒を見る問題ではない。

「今しがた、両陛下にお会いしてきました。王家としては、クラテンシュタイン公爵家と揉《も》めるのは得策ではないとのことで、陛下からお預かりしたお言葉を南の公爵へお伝えにまいります。王命を遂行せねばならぬので、すぐにでも出発しなければ」

「クラテンシュタイン家などどうでもいいだろう！　次期国王の私より優先すべきことなど何もない！」

ユーリウスのしでかした尻拭いをしに行くのだと言外に告げるが、本人は気づいていなかった。王太子の自分が優先されて当然で、公爵家など王家の都合でどうとでもできるという傲慢な考えが透けている。

「俺は『王命』で動くのですよ、殿下」

ウィルフリードは赤眼を眇《すが》めて王太子を見据えた。

国王と王太子、どちらの命を優先すべきかはどれだけ愚かであろうと理解できるはずだ。言外に意を込めれば、ユーリウスは悔しそうに唇を噛《か》んでいる。

これまでも、身分を盾に好き勝手な振る舞いをしてきたのだろう。甘やかされて育った貴族の子息子女によくある傾向だ。貴族としての恩恵を享受するならば、相応の責任が伴う。それを王太子ともあろう人物が理解できていないのだから、救いようがない。

(その愚かさのおかげで、俺が機会を得られたのは皮肉だがな)

ユーリウスが弟王子のように聡明であれば、ベアトリーセを手放しはしなかったろう。強引に犯そうとした挙げ句拒まれ、その腹いせにほかの令嬢に手を出すような男だからこそ、ウィルフリードは彼女を手に入れられる。

「では、失礼いたします」

形ばかりの礼をとり、その場から立ち去る。

ユーリウスは敵になり得ないが、もしもその権力を振りかざし、ベアトリーセや自分に害をなすようなことがあれば、そのときは――。

「表舞台から消えてもらう」

ぼそりと呟いたウィルフリードの言葉は、誰の耳にも届いていない。しかしこれは、己の心に刻んだ言葉だからそれでいい。

これまで表立って王家に対立したことはない。王位継承権を返上していても、ウィルフリードを担ぎ上げようとする者がいるからだ。

国王の座に興味はない。愛する弟妹とバルシュミーデ公爵領を守り、ただの軍人として生涯を過ごせればそれでよかった。

身を削って生きてきたウィルフリードが、初めて自ら求めたのがベアトリーセである。

これが初めての恋と言っても過言ではなく、この機会を逃してはならないという想いに突き動かされて歩を進めるのだった。

第二章　俺と恋をしてほしい

王都からクラテンシュタイン領までは、船で運河を渡ったのち、五日ほど馬車を走らせる必要がある。天候に恵まれていたとしても最短で七日はかかる計算だが、それも必要最小限の人数で移動した場合だ。貴族ともなれば供の者や荷物も多く、比例して移動日数は増える。

道中の街道は整備されていない場所も当然あり、また、途中には河川がある。水位が通常であれば問題ないが、少しでも雨が続けば通行に制限がかかる。迂回《うかい》にはさらに時間がかかるため、王都との行き来は備えが必要だ。

ちなみに、この距離を最短で移動した人物がベアトリーセの父だった。

王命で登城していたが、妻のナターリエが出産間近と報せを受けると、不眠不休で馬だけを替えて走り続けた。その甲斐あって、王都から領地まで五日で戻り出産にも間に合った。このときに生まれた子がベアトリーセなのである。

当時、父の供をしていた軍人の話によれば、領地へ向けて単騎で駆けるアーベルの姿は、悪魔のごとき形相だったという。

母子ともに健康でいてくれと祈りを捧げ、妻のもとへ駆けつけたアーベル。その姿は普段の威風堂々とした佇まいとはかけ離れていたが、領民たちの間では敬愛する領主の逸話として語られている。

（お父さまの記録は誰にも破られないと思っていたのに……）

北の公爵、ウィルフリード・バルシュミーデから求婚伺いの書簡が届いてから数日後、クラテンシュタイン家の屋敷は静かな嵐が吹き荒れていた。ウィルフリードが、領内に入ったと兄から報せが入ったのである。

北の公爵を出迎えるべくフランツが情報を集めながら街道を進んでいたところ、バルシュミーデ公爵家の紋章入りの荷馬車と遭遇した。だが本人は乗っておらず、ウィルフリードの部下で北方守護軍の軍人がいた。

話を聞いてみたところ、荷馬車にはベアトリーセへの贈り物が積まれているという。肝心の公爵本人はというと、国王への謁見が終わり次第こちらに向かうそうで、移動の時間がかかる荷物だけを先に送り出したというわけだ。

荷馬車は、王都を出発してからちょうど七日目に到着した。荷物の後から出発するウィルフリードは、到着まであと数日はかかるはずだ、というのが、フランツをはじめとするクラテンシュタイン家の認識だった。

だが、荷馬車の到着から間もなく、ウィルフリードが追いついたのである。

これには、先に到着していた軍人の対応をしていたフランツも驚き、すぐに公爵邸へ伝令を送った。ウィルフリードが到着したのが夜半だったこともあり、屋敷に招くのは翌日にしようということで話が纏まったのだが——そこから苦労したのが、使用人である。

南方守護軍を率いるクラテンシュタイン家と、北方守護軍を率いるバルシュミーデ家。両家の関係は良好とは言いがたいうえに、今回訪れるのは、『赤眼の戦神』ウィルフリードである。それも婚約破棄されたばかりのベアトリーセに求婚するためだというのだから、普通の客人を迎え入れるのとは訳が違う。

そして、やけに張り切っていたリーリヤの手により、ベアトリーセもめかし込んでいる。

彼女は、『北の公爵様が乗り込んできたのですから、付けいる隙を与えないようにせねば！』と、まるで敵襲を迎え撃つかのごとく物言いだった。『相手が萎縮《いしゅく》するくらい美しく着飾れば主導権を握れる』ということらしい。社交ではそういった駆け引きもあるが、そもそもウィルフリードと腹の探り合いをする必要はない。

（……まずは以前助けていただいたお礼と、求婚の申し出についてお話ししなければ）

言い聞かせるように、鏡の中の自分を眺める。

銀の髪に映えるように、ドレスは蒼《あお》を基調にしたものを選んでいる。領地の名産である特殊な染料を用いて染めた布で、通常よりも発色がいい。裾には精緻な刺繍《ししゅう》が入り、華美ではないが上品である。

胸元には小粒の金剛石が連なるネックレスを、髪は少量を編み込み、薔薇の花をモチーフにした飾りをつけた。同年代の令嬢よりも大人びた衣装だが、『氷の薔薇』と称されるベアトリーセにはよく似合っている。

（バルシュミーデ公爵様とお会いするのは一年ぶり、なのよね……）

改めて認識すると、鼓動が小さく跳ねた。

彼の姿は、目を閉じると鮮明に思い出せる。雄々しく凛とした北の公爵は、噂ほど恐ろしい人ではなくとても紳士的だった。

なんの含みも感じさせない言葉は心地よく、堂々とした佇まいは安心感があった。王族でも稀《まれ》な赤眼を有する彼は、その場にいるだけで特別な人間なのだと肌で感じる。

つらいときや挫《くじ》けそうなときは、正道を往《ゆ》くウィルフリードに恥じない貴族であろうと己を律した。

そんな人物に会うことになったのだから、常に冷静なベアトリーセであっても多少——いや、かなり動揺している。

とはいえ、自分が狼狽《うろた》えるばかりではいられない。

バルシュミーデ家に対する印象は、領内、とりわけ北方守護軍と使用人の間で特に悪い。

古参であるほどに、彼の公爵家に対する感情は複雑だ。因縁として語り継がれている両家の不仲は、領主を敬う領民にも広まっていた。

ベアトリーセがウィルフリードを嫌う素振りを見せては、両家の溝は深まるばかりだ。ここは率先し、彼に助けられたことを周知し、少しずつでも仲を改善せねばならない。

（そうよ。あの方に助けていただいたのだから、今度はわたしがお役に立つべきだわ。せっかくいらしてくださるのだから、悪い印象だけでも払拭できればいいのだけれど……）

ぐるぐると思考していると、部屋の外から声がかけられた。リーリヤだ。入室を促した瞬間、彼女は早足でベアトリーセの目前までくると頭を下げた。

「ベアトリーセ様、バルシュミーデ公爵が屋敷の敷地内に入ったと連絡がありました。馬車にフランツ様と同乗されており、まずは旦那様と奥様がご対応されます。お嬢様は、呼ばれるまで待機しているようにとのことです」

「そう……わかったわ」

とうとうウィルフリードがやって来たのだと思うと、なんとも言えない高揚感が胸に広がった。

（ああ、わたしはこの一年ずっと……あの方にお会いするのを楽しみにしていたのだわ）

家同士の確執を払拭《ふっしょく》することは彼との共通認識で、いわば同志のような存在だ。いつか社交の場で会った暁にはダンスを申し込むと言っていたが、約束はベアトリーセの心の奥に深く根付いている。まさか、ダンスを申し込まれる前に求婚をされるとは想像すらしなかったが。

「リーリヤは、北の公爵様に嫌な印象はないわよね？」

一年前の事件で、彼はベアトリーセのためにリーリヤを呼んでくれた。いくら南北の関係が悪く、『赤眼の戦神』への恐ろしい印象があろうと、実際に接した彼女ならウィルフリードへの先入観はないだろう。

ベアトリーセの予想は正しく、侍女は「ありません」とはっきり答えた。

「あの方は、王太子殿下より信用できるお方です。ベアトリーセ様への対応にも思慮深さを感じました。ですが、今回はあまりに性急な行動を取られていらっしゃるのが気がかりです」

ユーリウスの不始末を断じることも厭わなかったウィルフリードだが、ベアトリーセの希望を慮《おもんぱか》って内密に処理してくれた。そんな彼が、なぜ婚約破棄間もない令嬢に求婚をしてきたのか。意図がわからないとリーリヤは言う。

「お嬢様には、なんの心配もせずゆっくりと過ごしていただきたいというのが、旦那様や奥様、フランツ様の願いです。僭越《せんえつ》ながら、わたしも他の使用人も気持ちは同じです。せっかく王都から戻ったのですから……誰かの思惑に振り回されることなく、お嬢様のやりたいことをしていただきたいのです」

幼きころから王太子妃となるべく教育され、王城で過ごすことが多かったベアトリーセ。近年ではユーリウスの執務まで肩代わりしており、領地のこの屋敷に戻る時間すら取れずにいた。

「お妃教育のほかに、王太子に押しつけられた仕事まで……無理をして倒れたこともありましたよね。わたしはもう、お嬢様にそんな無理をしてほしくありません」

誰よりも一番近くで仕えてくれたリーリヤだからこその想いに、ベアトリーセの心が温かく満たされた。

「ありがとう。殿下の婚約者という立場だったから、自分の能力以上に頑張りすぎていたのかもしれないわ」

己に特別な能力がないとわかっているからこそ、人一倍勤勉だった。父や兄のように武勇を誇るわけでもなければ、母のように社交界にその名を響かせるような人心掌握術もない。

（意地、だったのよね）

国王と王妃はベアトリーセを歓迎していたが、重臣の中には快く思っていない者もいた。王家とクラテンシュタイン家が結びつき、議会や王家への影響力が大きくなるのを嫌ったのだ。

南北の軍事力なくして、トラウゴット王国は成り立たない。それでも、力の均衡は保たれるべきだと考える貴族らは、ベアトリーセの一挙手一投足を注視した。少しでも隙を見せれば王太子妃失格だと、容赦なく責め立ててきた。

ウィルフリードが初めてだったのだ。なんの利もなく、力になると言ってくれたのは。

「わたしは、何があろうとお嬢様の味方です。もしも、北の公爵様が王太子殿下と同じようにお嬢様を扱おうとするなら許しませんから」

「ふふ、心強いわ」

笑顔で答えたベアトリーセは立ち上がると、窓際へ歩み寄る。

ウィルフリードには旅の疲れを癒やす時間が必要だ。彼と顔を合わせるのは早ければ晩餐《ばんさん》、遅ければ明日ということになる。それでも早くから着飾っているのは、やはり浮き足立っているのだろう。

（お父様たちは、どんな話をしていらっしゃるのかしら）

一年前に助けてもらった礼をするのだから、険悪な雰囲気にはならないはずだ。とはいえ、北の公爵に対するクラテンシュタイン家の複雑な感情に加え、求婚の件もある。

考えなければいけないことは山積みだ。しかし、久方ぶりにウィルフリードと会話できるだろうことに、弾む気持ちは誤魔化せない。

ウィルフリード到着の報からそわそわと落ち着かない気分でいたベアトリーセ。ところが、すぐにのんびりできる状況ではなくなった。

家令に呼ばれて別室へ向かうと、贈り物が山のように届いたのだ。

「……目録を確認するだけで何日もかかりそうですね」

リーリヤの呟きはもっともで、空き部屋が埋まるくらいの大量の品で埋め尽くされている。バルシュミーデ領の鉱山から採掘できる稀少《きしょう》な宝石だったり、南方では流通していない果物だったりと、価値ある品ばかりが贈られた。

（まるで市場を訪れたようだわ）

王都にいたときに、お忍びでリーリヤと城下街を訪れたことがある。各地から集まる様々な商品は、それまで見たことのないものも多く、その場にいるだけで楽しめた。

「これは……ぶどうの果実煮ですね。それも、北部でしか採れない北ぶどうと呼ばれる品種ではありませんか？」

ウィルフリードの命を受け、バルシュミーデ領から贈り物を運んできたのは、北方守護軍の軍人だ。名をニコラウス・ハンゼルマンと言い、軍の副官を務めているという。

「はい、さようです。薔薇様……いえ、ベアトリーセ様は、北部の果物までご存じなのですね。こちらではあまり流通していない品ですが」

「クラテンシュタイン領だけではなく、他領の名産についても勉強しているのです。取り寄せられるものについては、実際に自分で食べることも多いのです」

王都で北部の名産を使った菓子があり、以前兄と食したことがある。

各地の特産などの情報は頭に入れていたが、北部の菓子や果実煮については、ウィルフリードと知り合ったことで勉強しようと思ったのだ。両家の確執を解くのは簡単ではないが、できることからやろうと決め、今も北部への造詣《ぞうけい》を深めるべく書物を読んでいる。

王太子妃になるべく身につけていた習慣だが、おかげで会話の相手がどこの出身地であろうと話題に困ることはない。それは、ベアトリーセの強みといえる。

「ウィルフリード様もお喜びになります。こちらへお持ちした品は、すべてあの方が目利きし厳選した品なのです。国王に献上するものと同等以上の価値ある品ですから」

誇らしげに語るニコラウスからは、ウィルフリードを慕っていることが伝わってくる。

アーベルやフランツも部下に好かれ、軍の皆は家族のような存在だと語っていた。初対面でウィルフリードと打ち解けられたのは、どこか父や兄と似た部分を感じたからなのだろう。

軍人としての功績をひけらかすこともなければ、王家に阿《おもね》ることもない。我が道を進む様は清々《すがすが》しさすら感じさせる。

「心のこもった贈り物に感謝いたします。本日はゆっくりお休みくださいと……お会いできるのを楽しみにしておりますとお伝えいただけますか？」

笑顔で告げると、ニコラウスが頬《ほお》を赤く染めた。

「……閣下に恨まれそうですね」

ボソリと呟かれた声に、ベアトリーセは首を傾げた。

翌日。優秀な侍女の手を借りて前日と同じように着飾ったベアトリーセは、美しい化粧と装飾品を施されると、父の執務室を訪れた。

いよいよ、ウィルフリードと会うことになったのである。

この場には父母と兄、そのほかに部屋の隅でリーリヤが控えていた。一年前の事件について詳細を知る人物に同席してもらったほうが円滑に会話が進むだろうと考えて、事前に父母に承諾を得ていた。

「お父さま、お母さま、お兄さま、昨日は閣下とどのような会話をされたのですか？　そろそろ教えてくださいませ」

ウィルフリードが訪れるまでの間、ベアトリーセは昨日の話を聞こうと口を開く。

昨夜は晩餐の席は持てず、それぞれ個別に食事をとった。そのため、家族とも話ができずじまいだった。おかげでもやもやとした気分で一夜を過ごすことになり、あまり眠れずに今日を迎えている。

「まさか、閣下との間に諍《いさか》いが起こったのではありませんよね？」

「いや、そういうわけではない」

アーベルは否定しつつ、ちらりとフランツを見遣った。

「だが、その……男には引くに引けない場面がある。それは理解してくれ、我が娘よ」

父が持って回った言いまわしをするときは、何か後ろ暗いときである。嫌な予感がしたベアトリーセは、母に話の矛先を向けた。

「お母さまがついていていながら、問題が起きたとは考えにくいのですが」

「問題は起きていないわ。ただ、バルシュミーデ公とフランツが、模擬戦を行うことになっただけの話よ」

「模擬戦……!?」

予想外の展開に驚いたベアトリーセは、通常ならまず出さないような大きな声を上げた。

「ど、どうしてそのような話に……」

「最初はわたくしたちも、ベアトリーセが助けてもらったお礼をし、和やかに話をしていたのですよ。でも、バルシュミーデ公があなたとの結婚話を切り出すと、アーベルとフランツが熱くなってしまって」

ナターリエの説明はこうだ。

昨日、屋敷に到着したウィルフリードを歓迎し、まずは一年前の礼をした。

彼は、その件に関しては全面的にユーリウスに非があり、ベアトリーセになんら咎がないと自身の考えを告げたうえで、先の国王との謁見でも王太子の行動を咎めたと語ったそうだ。

「理不尽な目に遭いながらも、殿下を慮ったベアトリーセに感激したそうよ。『彼女のような人の想いに報いるような王家でなければならない』と聞いて、あの方に好印象を持ったわ」

父母は、ウィルフリードの言葉に感銘を受けたという。代々接触してこなかったバルシュミーデ公爵家だが、今代当主の言動はベアトリーセを尊重し、敬うものだったからだ。

何より父母の心を打ったのは、国王と王妃から『いずれ改めて謝罪がしたい』と言づてを預かってきたウィルフリード本人が、『本来なら向こう五年の税免除、もしくは、王家直轄の領地の下賜を申し出てもいいほどだ』と、王太子の暴挙に憤っていたことだ。

「慰謝料として免税を求めても、他の貴族からは反対されない。それだけ今回の婚約破棄は、王家……というよりは、殿下が横暴だった。バルシュミーデ公はそうおっしゃったわ」

しかし彼は、『それでも免税や領地の拡大を求めないほうが得策だ』と語った。クラテンシュタイン家が寛容な姿勢を見せることで、王家に恩を売れる。なおかつ、他の貴族や民衆からの支持も得られるだろう、と。

慰謝料を請求、もしくは、王家からそれに準ずる何かを受け取れば、王太子の非礼を許したことになる。それよりも、王家に貸しを作り、ここぞというときに手札を切るべきだと助言されたのだという。

「ふふっ、面白いお方ね。アーベルやフランツとは違う意味で癖がある人だわ」

ナターリエは、ウィルフリードを気に入ったようだった。

好き嫌いのはっきりしている母が、初対面の人間を褒めるのは珍しい。彼がクラテンシュタイン家やベアトリーセに寄り添った考えだったからだろう。

「バルシュミーデ公の助言はもっともだわ。王族でありながら、当家に肩入れしてくれるその気持ちが、わたくしたちは嬉《うれ》しかったのよ」

「彼が当主をしているバルシュミーデ家なら、信じるに値すると私たちは感じたのだ」

父も母も、ウィルフリードと会話を交わしたことで、思うところがあったようである。

本来であれば、国の防衛を担う両家が仲違《なかたが》いしているのも問題だ。力のある二大公爵家が近づくことを良しとしない貴族もいるが、今後は交流を持ちたいというウィルフリードの申し出に、アーベルとナターリエも同意した。

だが、ベアトリーセとの結婚の話になると、それまで和やかだった会談は一変した。

「バルシュミーデ公は、あなたとの結婚に王家の意向はないと言っていたわ。でも、すでに国王陛下の承諾は得ているのですって。結婚証明書にベアトリーセがサインすれば、すぐにでも領地へ連れ帰りたいと言われたわ。もちろん、あなたの意思が重要だから無理強いはしないと付け加えてはいたけれど」

「まあ……」

あまりに性急な話に驚いていると、アーベルが渋面を作る。

「殿下が、おまえを側仕えになどとふざけたことを抜かしたものだから、手出しをされないよう早く結婚するべきだというのがバルシュミーデ公の主張だ。たしかにそれはそうなのだが、私たちとしてはまずは婚約でどうか、という話をした。婚約破棄したばかりで、遠方へ嫁がせることもなかろうと。だが……」

ウィルフリードは、婚約ではなく正式な結婚をしたい、と譲らなかったようだ。

これには、両親も兄も困惑した。

借金塗れで持参金目当ての家門であれば、結婚を急ぐ理由も理解できるが、二大公爵家の一翼であるバルシュミーデ公爵家が財政難であるはずがない。

他国との交易も盛んに行なわれ、領内は活気に溢れていると聞く。ウィルフリード自身、これまで結婚に興味がないのか、縁談を断り続けてきたのは有名な話だ。当主の結婚は跡継ぎにも直結する大事だが、これまで婚姻に積極的な姿勢を見せていなかった。

そんな彼が、結婚を急ぐ理由はなんなのか。現時点では予想がつかない。

首を捻《ひね》るベアトリーセに、アーベルの眉間のしわが深くなった。

「バルシュミーデ公が譲らぬものだから、条件を出したのだ。『娘が欲しければ、まずは私を倒してみよ』と。だが、話を聞いていたフランツが、対戦に名乗りを上げたというわけだ」

「それは……お兄さまは、わたくしを口実に閣下と手合わせしたいだけなのでは？」

「いや、それは……」

それまで黙っていたフランツは、バツが悪そうに目を逸らす。

『赤眼の戦神』と異名を持つ北の公爵と剣を交える機会などなかなかない。己の武を磨き、常に高みを目指している兄は、好敵手となる人物を前に我慢できなかったようだ。

「まったくもう……今回こちらは、お礼を申し上げる側なのですよ。それに、そもそも前提が間違っております。お父さまは『娘が欲しければ』などとおっしゃったようですが、わたくしは求婚をお断りするつもりでおりました」

「そっ、そうなのか⁉　あのような美丈夫で話のわかる男はなかなかいないと思うが……」

意外そうに声を上げ、身を乗り出してきたアーベルに頷いて見せた。

「閣下はご自身に非がないにもかかわらず、わたくしに頭を下げてくださる人格者です。それに、クラテンシュタイン家と交流を持ちたいとおっしゃってくださいました。そのような方によけいな重荷を背負わせてはならないかと」

ウィルフリードになんらかの事情があり、結婚を望んでいるのだとすれば協力したい。しかしベアトリーセは、王太子に婚約破棄された身だ。彼ならば、醜聞の只中《ただなか》にいる人間を選ばずとも、良家の令嬢との縁談が望めるはずだ。

「婚姻を結ばなくても両家の交流は可能ですわ。お父さまやお兄さまが率先して指揮を執ってくだされればよろしいのです。南北の守護軍で合同演習を行えば、軍事力の強化にも繋がります。公爵家の交流を由としない他家も、防衛力の強化を謳《うた》えば何も言えないはずですわ」

「まあ、たしかにそうだが……」

娘の言葉に気圧《けお》されたのか、フランツが唸《うな》り声《ごえ》を上げる。

軍人に囲まれて育ったベアトリーセは、生粋の貴族気質ではない。どちらかと言えば、はっきりとした物言いを好む。王太子の婚約者であったときは物事を婉曲《えんきょく》に伝える術ばかり学んできたが、生まれ育ったこの屋敷では、『言いたいことを我慢する必要はない』と言われており、家族に対しては忌憚《きたん》のない意見を述べていた。

「ふふっ、昔のベアトリーセが戻ってきたようね」

嬉しそうに微笑んだ母は、慈愛の溢れる瞳で娘を見つめた。

「わたくしたちは、あなたの幸せだけを願っているの。いくらバルシュミーデ公が望んでくれているとはいえ、長い間交流のなかった家門ですもの。人知れず苦労することもあるはずよ。結婚を望まないのなら、お断りしても構わないわ」

「お気遣い痛み入ります。ですが、苦労するのを厭うているわけではありません。両家の架け橋となるなら光栄なことですわ」

「それなら、なぜお断りしようと考えたの？」

「……自分があの方にふさわしいとは思えないからです」

ベアトリーセは、一年前に彼と出会ったときを脳裏に思い浮かべる。

颯爽《さっそう》と危機に駆けつけてくれたウィルフリードは、まるで絵物語の主人公のようだった。その後の対応も心配りも、心を慰めて落ち着かせるものだった。

「あのとき閣下とお話しさせていただいたおかげで、事件後も殿下の婚約者として強くあれたのです。再会したときあの方に恥じない自分でいられるように、励みとしてまいりました。だからこそ、醜聞に巻き込みたくないのです」

「あらまあ……ずいぶんと熱烈なのね」

からかうように言いながら、品良く口元に笑みを刻むナターリエ。母の様子を不思議に思いつつ、ベアトリーセはこれまで誰にも打ち明けなかった想いを舌に乗せた。

「助けていただいたときから、閣下はわたくしにとって英雄でした。憧れであり、目標とすべきお方だと思っております。ですから……求婚してくださったのは素直に嬉しかったのです」

彼は、王太子の婚約者としてではなく、ベアトリーセ個人として接してくれた。王族に連なる者でありながら、ユーリウスの暴挙をつまびらかにすべきだと考え、行動に移していた。ベアトリーセの心は、ウィルフリードの言動で救われたと言っても過言ではない。

家族へ向けて堂々と言い放ったときである。

「……出直したほうがいいのか迷うところだな」

低く張りのある声が聞こえ、扉のほうを振り返る。すると、少し困ったように笑いながら、こちらを見ている男性の姿があった。

「バルシュミーデ公爵閣下……っ」

突然現れたウィルフリードを目にしたベアトリーセは、思わず椅子から立ち上がった。

淑女として最高の教育を受けてきたはずが、完全に頭の中が真っ白になり、挨拶も忘れて呆然と立ち尽くす。

「聞くつもりはなかったんだが……お褒めに預かり光栄だ」

「い、いえ……はしたないところをお見せしてしまい申し訳ございません」

それだけ答えるのが精いっぱいで、ただ頭を下げる。

なぜ自分は彼が来たことに気づけなかったのか。せっかく再会するのだから、完璧な状態で臨みたかった。頭の中に後悔が押し寄せるが、時すでに遅しである。

侍女に視線を送ると意を汲んでくれたのか、「恐れながら」と耳打ちされた。

「ベアトリーセ様が熱弁を振るっていらしたとき、公爵閣下が到着されました。皆様はお気づきでしたが、お話が終わるまでお知らせしないよう閣下から目配せをされまして」

「そんな……」

周囲が見えなくなるほどの熱量で語っていたとは恥ずかしい。何よりも、本人に伝えるつもりがない話を聞かせてしまったことに狼狽《うろた》えてしまう。

（まさか、全部お聞きになっていたなんてことはないわよね……？）

「クラテンシュタイン嬢」

ウィルフリードは動揺するベアトリーセに微笑みかけた。整いすぎている顔に浮かぶ笑みは、芸術品のような美しさがあって見蕩《みと》れてしまう。

彼は、アーベルとナターリエ、フランツに礼をとり、ベアトリーセの目の前にやって来た。

王城で初めて出会ったときのように正装をしていたが、そのときよりもなぜか雰囲気が柔らかい。恐ろしい異名を持つ軍人だということを忘れそうなほど甘やかな表情で、ベアトリーセだけを見つめている。

「本来であれば、段階を踏んだうえで求婚するべきだとわかっているし、婚約を破棄したばかりのあなたに強引な真似をしている自覚もある。だが、この機会を逃したくなかった」

眩《まぶ》しげに赤眼を細めたウィルフリードは、突然その場に片膝をついた。それまで見上げていた彼を見下ろす形になり、慌てて声をかける。

「閣下が謝罪されることなど何もございません。だからどうか、こちらにおかけくださいませ」

「あなたに誠意を尽くしたいだけだ」

彼の手がそっと指先に触れた。恭しい仕草で手を取られて鼓動が跳ねたとき、手の甲に唇を落とされる。

「ベアトリーセ・クラテンシュタイン嬢。私と結婚していただけませんか」

「っ……！」

心地いい低音が耳朶《じだ》をたたいた瞬間、血液が沸き立つような感覚がした。ありえないほど顔が赤く染まり、心臓の音が大きくなる。

跪いて求婚されるなんて、演劇の中の出来事のようだ。それも、一年ぶりに顔を合わせてすぐに、である。

ウィルフリードの行動は、あまりにも予想外だった。とはいえ、困惑しているだけで嫌だとは思わない。強引な言動の中にも、こちらへの気遣いを感じられるから。

彼を見つめると、まっすぐに視線を返してくれる。密《ひそ》かに心の支えにしていた北の公爵は、記憶の中よりもずっと美しく凛々しかった。

しばし無言でその場に立ち尽くす。彼に返答するべきなのに、頭の中が真っ白で声にならない。すると不意に、部屋の外から咳払《せきばら》いがした。

「おそれながら、ウィルフリード様。挨拶もそこそこにいきなり求婚されても、ご令嬢はお困りになるかと思います」

ハッとして声のしたほうを見れば、開いている扉の前に立ち頭を抱えている軍人がいた。昨日、贈り物を届けてくれたニコラウスだ。ウィルフリードの部下は、「ご家族を無視するのもいかがなものかと」と、小声で付け加えている。

部下の指摘を受けたウィルフリードは、そこでようやく立ち上がった。

「皆様、申し訳ない。気持ちが逸《はや》ってしまった」

「ふふっ、気になさらないで。昨日のお話で、バルシュミーデ公が我が娘を本気で娶ろうとしているのは充分伝わりましたもの」

答えたのはナターリエである。場を取り仕切ることについて一番適している母は、まずウィルフリードに視線を据えた。

「わたくしたちは昨日もお話ししましたし、ひとまずここはふたりでお茶でもしてはいかがかしら。一年ぶりの再会で、積もる話もあるでしょう」

「それは大変嬉しい計らいですね。さすが、クラテンシュタイン家の方々は懐《ふところ》が深い」

ナターリエの提案に、すぐさま歓迎の意を示したウィルフリード。いまだ動揺しているベアトリーセは、ことの成り行きを見守るのみだった。

「娘専用の温室が庭の一角にありますの。ベアトリーセ、バルシュミーデ公をご案内して差し上げなさい。わたくしたちは、こちらのハンゼルマン卿《きょう》とお話ししているわ」

急に話を向けられたニコラウスは、「光栄です」と返した。アーベルとフランツも頷くのを見て、ベアトリーセは目を瞬かせる。

昨日接したことで、彼らは想像していたよりもずっとウィルフリードを信頼したようだ。でなければ、ふたりきりになることを勧めるはずがない。過去の確執などなかったようなやり取りを前に、ただただ驚く。だが、これ以上ぼんやりしていても礼を失することになる。

「それでは閣下……ご案内いたしますわ。リーリヤ、お茶の準備をお願い」

侍女に指示を出し、ウィルフリードを見上げたところで、彼が嬉しそうに自分を見ていたことに気づく。

「閣下……？」

「ようやく会えたから、目を離すのがもったいなくなっていた。不躾《ぶしつけ》ですまない」

「い、いえ……」

彼の表情に裏はなく、端整な顔を喜びに染めている。つられて笑みを浮かべかけて、慌てて口元を引き締めるベアトリーセだった。

ふたりが温室へ向かうと、執務室にはクラテンシュタイン家の三名、そして、ウィルフリードの部下で北方守護軍の副官、ニコラウスが残った。

「北の公爵は、噂とずいぶん違うのだな。昨日から驚きすぎている」

そう呟いたのは、アーベルである。

「もちろん、いい意味での驚きだけれどね」と、夫に同意したナターリエが、さっそくニコラウスへ問いかける。

「あの方は、いつもあんなに情熱的なのかしら？」

人目も憚らず跪いて求婚するなど、『赤眼の戦神』として名を馳せる男の行動には思えなかった。そこでアーベルとナターリエは、ウィルフリードの噂は誇張されたもので、実際は気のいい青年ではないのかと思ったのだ。

しかしニコラウスは、その想像を否定する。

「……いいえ。ウィルフリード様は、噂に違わず冷酷な面をお持ちです。前公爵がお亡くなりになってから、幼い弟君と妹君、そして公爵家を守ろうと冷酷にならざるを得なかったのです」

まだ若いウィルフリードが、『赤眼の戦神』と恐れられ、その立場を盤石にするまでには時を要した。自身の結婚よりも北方守護軍の総司令として、国の防衛にあたること。歴史ある公爵家の名を汚さぬようにと、寝る間も惜しんで領地を運営してきた。

なまじ王族の血を受け継いでいたせいで、ウィルフリードを王太子に、と祭り上げられることを嫌い、徹底して王家と距離を取っていた。軍を率いるだけでも重圧がかかるというのに、彼の両肩には幾重にも責任が積み重なっていた。

「公爵家であるがゆえに、縁を結びたいと考える家門も多かっただろう」

若者の苦労を思ったのか、アーベルが眉をひそめる。ニコラウスは「はい」と応じ、「だからよけいに、結婚から遠ざかったのです」と目を伏せる。

自分の足もとを固めぬまま結婚するわけにいかないと、ウィルフリードは考えた。幼い弟妹もいる中、留守をすることが多くなるというのに、隙あらば公爵家の実権を握ろうとする政略相手を屋敷内に入れるわけにいかなかった。

結果として、ウィルフリードは自らの結婚よりも公爵家と北方守護軍、弟妹たちの生活を第一に生きてきた。

「ですが、昨年ベアトリーセ様とお会いしたあとのウィルフリード様は、今までに見たことがないようなご様子でした。有り体に申し上げれば、初恋だったのでしょう」

「まあ……！」

ニコラウスの発言に、驚きの声を上げたのはナターリエである。

ウィルフリードは、トラウゴット王国の二大公爵家当主であることに加え、その端整な容貌は誰しもが目を奪われる。恐ろしい異名を差し引いても、多くの女性と浮名を流してもおかしくないと思わせる男性だ。

しかし彼は、恋愛など経験してこなかった。軍を率いる立場である以上、命を失う可能性もある。それならば、現状で優先すべきは自分自身ではないという姿勢だった。

「ベアトリーセ様と出会ったとき、これまでになく心惹《ひ》かれたのでしょう。でもあの方は、王太子殿下の婚約者だった。ゆえに我が主は、影ながらお力になろうとしていたのです」

だが、婚約は破棄された。それも、王太子の手酷《てひど》い裏切りによって。

「私は、あの方に幸せになっていただきたいのです。それは、北方守護軍の皆や領民の願いでもあります。……ウィルフリード様は、必ずベアトリーセ様を守り、慈しみ、誰よりも大切になさると断言できます」

主君の宿敵とされるクラテンシュタイン家の当主や家族相手であっても臆することなく語ったのは、ウィルフリードの幸福を願っているからこそだ。

「失礼は承知しておりますが、どうしても言わずにいられませんでした」

そう締めくくり深く頭を垂れる。すると、「ぐうっ」と獣が喉を押しつぶされたかのごとく奇妙な声が聞こえた。

怪訝に思い顔を上げたニコラウスの目に飛び込んできたのは、肩を震わせて涙を流すアーベルの姿だった。

「このように、部下に思われる人間が悪い男であるはずがない！　私はもっと早くにバルシュミーデ公と交流を持つべきだった……っ」

感激した様子で涙を流す南の公爵を前に、ニコラウスが狼狽する。そこへ、ナターリエの冷静な声が投げかけられた。

「みっともないところをお見せしたわね、ハンゼルマン卿。夫はこのような面相だけれど、とても感情が豊かなの。そして、一度認めた人物は全力で守るのよ」

ナターリエは微笑むと、アーベルに手巾を差し出して笑みを浮かべる。

「卿の想いは、わたくしたちに届きました。もちろん、バルシュミーデ公のお気持ちもね。それに……ベアトリーセの話を聞いたならわかるでしょうけれど、あの子もおそらく公と同じ気持ちのはずよ。ねえ、フランツ」

母から水を向けられたフランツは、困ったように眉根を寄せた。

「……気づいていないのは本人だけでしょう。幼きころより王太子妃となるべく教育されてきたベアトリーセは、誰よりも責任感が強い。それこそ、貴族の結婚に恋など不要だと思っている。自分の感情よりも、責務をまっとうすることを第一にしてきた。だから、自分の感情に気づいていないのかもしれませんね」

妹の感情を慮る兄の言葉に、その場にいた全員が深く頷く。

「置かれた状況は違えど、互いに立場に囚《とら》われてきたふたりだ。きっと通じるものがあるのだろうな。この出会いが、あのふたりに幸せなものであればいいと願うばかりだ」

アーベルは父の顔で呟き、頬に伝う涙を手巾で拭った。

ウィルフリードとともに執務室を出たベアトリーセは、ナターリエに提案された通り、彼を温室へ案内した。

硝子《がらす》張りで陽《ひ》の光をたっぷり取り込める温室内は、色鮮やかな南部の花で埋め尽くされている。王都で妃教育を受けるまでは、毎日のように通って世話をしたものだ。

ここへくるまでの間、ふたりの間に会話はなかった。彼はただ、ベアトリーセと目が合えば甘やかな笑みを浮かべるだけで、求婚の答えを急かすこともない。こうして歩いている時間すら幸せなのだと態度で伝えてきた。

(こんな表情をされては勘違いしてしまうわ)

心の中で呟きつつ、領地を代表する花の前に彼を連れてきた。

「こちらは、夕方から夜の間にだけ咲く花で下《さが》り花といいます。今は蕾《つぼみ》ですが、咲けば火花のような花弁が印象的な花ですわ」

「ああ、これがあの有名な下り花か。なるほど、面白い形状だ」

「ご存じだったのですか？」

「あなたと知り合ってから、南部の情報を集めていたんだ。バルシュミーデ家とクラテンシュタイン家を交流させせようとするなら、相手のことを知らなければいけないと思ってな」

「わたくしもです。バルシュミーデ領の名産を調べていました。王都でも手に入るお菓子もあって、食べたときは北部を訪れた気分になれましたわ」

「俺たちは、同じ行動をしていたのか」

しみじみと呟いたウィルフリードは、ごく自然にベアトリーセと距離を詰めた。あと少しで肩が触れそうな微妙な位置を保ちながら、彼が真剣に続ける。

「あなたが求婚に困っていることは心得ている」

「え……」

「先ほど執務室で話していた内容は、悪いが聞こえていた。俺と結婚するつもりはないとはっきり言っていたな」

彼の言葉で、ほぼ最初から話を聞かれていたことを悟ったベアトリーセは、申し訳なさで頭を下げた。

「遠路はるばるいらしていただきながら、無礼なことを申しました。閣下が求婚してくださったお気持ちは、とても……本当に、嬉しく思っております。ですが閣下には、わたくしよりもふさわしいご令嬢がいらっしゃいます」

王太子との婚約破棄は、しばらく醜聞として社交界を賑《にぎ》わせるだろう。『赤眼の戦神』として名を馳せる彼が、わざわざ渦中に飛び込む必要はない。

「……しかしながら、もしも閣下がなんらかのご事情がおありでしたら、わたくしも微力ながらお力になりたく存じます。一年前のあのとき、助けていただいたご恩は忘れておりません。ずっと、きちんとお礼を申し上げたいと思っていたのです」

彼の前に立って誇れる自分でありたかったのに、のっけから躓《つまず》いてしまったのが残念でしかたないが、口にしたのはすべて事実だ。

ウィルフリードには感謝しているし、困っているのなら助けになりたい。それは、一年前から変わらないベアトリーセの想いである。

「俺があなたに求婚したのは、特別な事情があったからではない。ただ、婚約破棄につけ込んだだけだ」

ウィルフリードはおもむろに、ベアトリーセの手を握った。先ほど求婚されたときとは違い、大きな手で包み込まれる。

ごつごつとして骨張った手だった。手のひらの皮膚が通常よりも硬く、アーベルやフランツと同じような感触だ。父や兄と同様に、彼もまた剣を振るってきたのだとわかる。

「俺のことを助けてくれるつもりがあるのなら、機会をくれないか」

真摯な眼差しにドキリとしたとき、握っていた手を引かれた。彼の胸になだれ込む体勢になり離れようとするも、それよりも前に顔が近づいてきた。

「俺はあなたと結婚したい。それは、なんの事情があるわけでもなく自分の意思だ。むろん、王家からの指示でもないし政略でもない。純粋に、あなたという人に興味を抱き、伴侶になってもらいたいと思った」

出会いは変則的で、接した時間もほんのわずか。だが、それでも、ベアトリーセを忘れたことはなかったとウィルフリードは語る。

「殿下の婚約者なのだから、俺との縁がないのはわかっていた。ならば、影ながらあなたの役に立とうと考えていたんだ」

けれど、ベアトリーセがこれまで行なってきた活動や仕事内容を知るにつれ、ますます人柄に惹かれていったと彼は言う。

ウィルフリードの赤眼が熱を帯び、声に甘さが混じる。表情は大人の色気を感じさせ、そばにいるだけで体温が上がってしまいそうだ。

長い間王太子と婚約していたベアトリーセに、ほかの男性と接する機会などなかった。あったとしても、パーティでダンスをしたり社交で接する程度だ。個人的な会話はなく、情報交換が目的の交流のみである。

立場上、不埒《ふらち》な真似をする輩もおらず、危険な目に遭ったことはない。唯一身の危険を感じたのが、ユーリウスに襲われたときだ。なんとも皮肉な話だが、それだけ周囲に守られていたと言っていい。

ゆえに、異性から熱烈に求められたのは今回が初めてである。ウィルフリードから向けられる熱情に戸惑いを隠せない。

「ベアトリーセ・クラテンシュタイン嬢。叶うなら、俺と恋をしてほしい」

「恋……？」

「貴族の結婚に恋愛感情は必要ない。あくまで家同士の結びつきで、個人の感情など取るに足らないと……それが常識だと言われている。でも俺は、あなたと恋をしたい。貴族の常識など関係ない。ただあなたを理解したいし、俺のことも知ってほしい」

ウィルフリードの台詞《せりふ》が、心の中へ緩やかに染み渡っていく。面と向かってこれほど真摯に想いを告げられたことはなく、だからこそ胸に響く。

「ベアトリーセ嬢、あなたに触れられる権利を俺にくれないか。今は俺を好きでなくてもいい。これから一緒に過ごしていくうちに好きにさせてみせる。だからその機会を与えてもらいたい」

冷静だと思っていた彼の情熱的な一面に、心臓が早鐘を打つ。

再会を願っていた相手なのだから、もとより好感は抱いている。それに何より、彼に求婚されて喜びを覚えているのはたしかだ。

「……わたくしでよろしいのですか？」

「あなた以外に考えられない」

断言されたベアトリーセは、頬に熱が集まるのを感じて俯《うつむ》いた。どのような場面でも冷静でいられるよう教育されたはずなのに、彼の前ではなぜかみっともない姿を晒《さら》してしまう。

「求婚をお受けしますわ。閣下をお支えできるよう精いっぱい務めさせていただきます」

「ありがとう……ベアトリーセ」

名を呼ばれ、さらに体温が上がる。

彼に呼ばれるだけで、家族とはまた違う響きに聞こえるから不思議だ。心がステップを刻み、軽快なダンスを踊っているように弾んでいる。

ウィルフリードは甘く微笑むと、ベアトリーセの瞳をのぞき込んでくる。美しい宝石を思わせる赤眼に吸い寄せられ、見入っているうちに自然と唇が重なった。

「っ……ん……」

口づけをしたのは初めてだった。彼の唇はやわらかく、ただ触れ合わせているだけなのに、なぜかひどく官能的な気持ちにさせられる。

いつでもベアトリーセが逃げられるように、握っている手に力はこもっていない。性的ないやらしさも強引さもなく、ただ喜びを伝えてくる触れ方は心地いい。

唇が離れると、言葉もなく見つめ合う。彼の瞳は揺らめく炎のようで、永遠に見ていたいと思わせるほど美しい。

「嫌じゃなかったか？」

「は……い」

「よかった。俺は今、猛烈に浮かれている。これからもあなたに触れるだろうが、嫌なら遠慮なく拒んでくれ。無理強いは絶対にしないと約束する」

彼がこう言うのも、一年前の事件があったからだろう。今後も触れると宣言されてしまったが、それでも意思は尊重してくれている。強引な真似はしないと信じられた。

ユーリウスとも信頼関係を築けていたなら、あのような事態にはならなかったはずだ。互いに気持ちが同じ方向へ向いていれば、違う結果になっただろう。

でもそれは今さら意味のない話だ。これからは、ウィルフリードとともに新たな未来へ向けて進んでいくことになる。

ベアトリーセは、今日このときをもってバルシュミーデ公爵夫人になることを心に決め、公爵家の繁栄のために身を捧げようと誓った。

第三章　結婚生活のはじまり

ウィルフリードに求婚されてからふた月が経ち、そろそろ季節が移り変わろうとしていたある日。ベアトリーセは、バルシュミーデ公爵領へ向かう船上にいた。

バルシュミーデ家が所有する軍事用の帆船で、有事の際は軍人の移動や兵糧の運搬に使用されている。クラテンシュタイン家も同じように船を持っているが、こちらは軍用ではなく一般船で、主に王都へ出向く際に使っていた。

船が運航できる大きな河川は途中で途切れているため、領地までの道のりは陸路が多い南方守護軍に対し、北方守護軍は王都から北へ流れる大河を船で進むことができた。だが、有事の際の人や物資の運搬を目的とされていることから、めったに軍船を拝む機会はない。バルシュミーデ領について、ベアトリーセが学んだうちのひとつだ。

「軍用と聞いていたので物々しい雰囲気を想像していましたが、かなり豪奢《ごうしゃ》なのですね」

今いるウィルフリード専用の船室は、予想よりも遥かに広かった。寝台もしっかりとした造りで寝心地がいいらしい。戦地へ赴く軍人が安らげるようにとの配慮だという。

船内は揺れも少なく、ほとんど陸地と変わらない。ここが船上だと忘れてしまいそうなくらいゆっくり寛《くつろ》げている。

「気に入ってくれたなら何よりだ。馬車よりも早く領地に着くし、少し不便かもしれないが道中は楽だろう」

笑みを湛《たた》えたウィルフリードに手を取られ、長椅子に腰掛ける。隣に座った彼は、軍服の詰襟を緩めた。

彼と会うのは求婚されて以来で、じつにふた月ぶりとなる。けれどその間も、手紙のやり取りは頻繁にしていた。短い婚約期間の中で、できる限り互いの理解を深めようというウィルフリードの計らいだ。

（おかげで、距離が縮まった気がするわ）

彼からの手紙は他愛《たあい》のない話題でも楽しく、真心に溢れていた。今まで交流していなかった時間がもったいないと思うほど、充実した期間だった。

「何から何まで、ウィルフリード様には感謝しております。まさか、陛下からこれほど早く許可証に署名をいただけるとは思いませんでしたもの」

トラウゴット王国の貴族が結婚するには、国王の署名が入った許可証が必要になる。

平民はこの限りではなく、各地の領主がこれを代行する。その場合は書名印と呼ばれる印章が捺《お》されただけの証書だが、書類が揃っていなければ婚姻が認められないのだ。

「半年かかる場合もあるらしいが、それまで待てないと陛下をせっついた。あなたに不義理を働いたのだから、多少融通を利かせたんだろう」

なんでもないことのように言うウィルフリードだが、国王に催促できるのは彼だからこそできることだ。

（本当に、ウィルフリード様と結婚したのね。まだ夢の中にいるようだわ）

このふた月、領主の妻として働くナターリエの補佐につき学んでいた。王太子妃となるべく教育は施されていたが、ウィルフリードの妻となるなら母が一番のお手本になる。軍人の妻として何をすべきかを教わり、目まぐるしい日々を過ごしている。

「至らない点もあると思いますが、よろしくお願いいたします」

改まって告げると、優しく肩を引き寄せられた。

「慣れない土地での生活は苦労するかもしれないが、不自由があれば言ってくれ。ひとりで抱え込まずに俺を頼ってほしい。結婚までの準備期間が短かったから、不安もあるだろう」

彼に告げられて小さく頷く。

ふたりの結婚を機に、今後は徐々に両家の交流を再開させていくことで話が纏まった。

しかし、双方の屋敷で働く使用人らの中には、そう簡単に切り替えられない者もいる。南部と北部はたやすく行き来できる距離ではなく、互いに未知の存在だ。それゆえに、相互理解には時間がかかるだろうことは、ウィルフリードとベアトリーセの間で共通の見解だ。

「領民やお屋敷に住む方々に受け入れていただけるか不安はあります。ですが、わたくしはクラテンシュタイン家を代表してバルシュミーデ領へ行くのですし、理解していただけるように頑張りますわ」

「嬉しい言葉だ。けれどあなたは、親善大使ではなく俺の妻だ。ふたりで一緒に理解を求めていけばいい。ベアトリーセが我が領に馴染《なじ》めるように俺も尽力する」

「そう言っていただけると、わたくしも心強いです。じつは、少し緊張しているので……」

「社交界の『氷の薔薇』と呼ばれるあなたでも、緊張することがあるのか」

「当然ですわ。パーティなどでは緊張を悟られないよう必死だっただけです。ウィルフリード様は、そういった緊張とは無縁の方に見えますね。クラテンシュタインの屋敷にいらしたときも、堂々とされていましたし」

「あれは、あなたに会えると思って浮かれていたからだ。喜びが緊張を上回っていた」

思い出したのか、ウィルフリードの口元に笑みが浮かんだ。

「俺にとっては、人生で一番大きな決断を実行した日だった。クラテンシュタイン家の皆に受け入れてもらえて感謝している」

「妙な交換条件を聞いたときはどうなることかと思いましたが、父や兄も最後はウィルフリード様と離れるのが寂しそうでしたね」

そのときの様子を思い浮かべ、ベアトリーセも微笑む。

最初にアーベルが、『自分に勝ったら結婚を認める』と言ったせいで、ウィルフリードはフランツと模擬戦をすることになった。これは、ほぼ口実のようなもので、単に父や兄が彼との手合わせを望んでいただけなのはわかっていた。

だから、求婚を受け入れたベアトリーセは、父と兄に模擬戦を止めるように頼んだのだが、彼らは聞き入れてくれなかった。そのうえ、ウィルフリードまでなぜか乗り気で、軍の訓練場で模擬戦を行なったのである。

「フランツ殿は、とても強かった。あの模擬戦は、俺にとっても実のあるものだったな。勝敗よりも、彼と剣を交えたことがどんな訓練にも勝る経験だった」

ウィルフリードとフランツの模擬戦は、彼が勝利を収めている。年齢と経験の差が出ただけだ、とは彼の発言だが、兄に配慮した言葉だとベアトリーセは理解している。

（お父さまもおっしゃっていたものね……）

ふたりの試合を見た人間は両者に称賛を送っていたが、父だけは『修行が足りない』と兄を叱責した。そして、ウィルフリードの強さを讃えたうえで、『ベアトリーセを任せるに値する男だ』と彼を認めてくれたのだった。

「わたくしも観戦いたしましたが……ウィルフリード様の剣捌《さば》きに圧倒されました」

幼いころから父や兄の訓練を間近で見ていたベアトリーセは、普通の令嬢よりも目が肥えている。妃教育が始まる前までは訓練場に足を運び、模擬戦なども見学していた。

「ウィルフリード様は、模擬戦で南方守護軍の軍人たちの心を掴んでいらっしゃいました。皆はお兄さまの強さを日々の訓練で実感しているので、勝者のウィルフリード様に羨望の眼差しを向けていましたもの」

彼に対する南方守護軍所属の軍人の評価はかなり高くなった。

フランツに勝利したウィルフリードが、『この勝利はあなたに捧げる』と宣言し、客席にいたベアトリーセを抱き上げたからだ。

彼が高々と言い放つと、その瞬間訓練場が歓声に包まれた。いつになく沸き立った軍人からは、『北の公爵は噂ほど冷酷ではなさそうだ』との声が上がっている。

結果として模擬戦は、両家のわだかまりが解ける第一歩になった。

（もしかして、ウィルフリード様はそれも狙っていたのかしら）

彼はその異名や噂よりもずっと優しく、深謀遠慮《しんぼうえんりょ》に長けている印象だ。自分がどう見られているかをわかったうえであえて勝負をし、皆に誠意を伝えたのだ。

特に南方守護軍に属する者たちは、総司令官アーベルの性格とよく似ていた。一度信じて懐に入れた人間は、身内のように扱う。その単純さをナターリエに注意されることもままあるが、南部の結束の固さは間違いなく総司令官が浸透させている。

「ベアトリーセは怖がりもせず訓練を観に行ったとお母上から聞いている。そういう物怖《ものお》じしないところも理想的だ」

「ありがとう、ございます……」

ウィルフリードが言葉を惜しまない性格だということも、新たに知った一面だ。彫像のように完璧に配置された顔立ちで囁かれると、どうにも照れてしまう。やり取りしていた手紙でもかなり多くの賛辞をもらったが、直接顔を合わせて言われると嬉しさが増した。

彼と一緒にいると、今まで感じたことのない感情が生まれる。家族の前以外で、自由な気持ちでいられるなんてこれまで考えられなかった。

「ウィルフリード様の弟君や妹君にお会いするのも楽しみです」

「だいぶ年が離れているからか、つい甘やかしてしまうきらいがある。特に妹のほうは、両親と過ごした時間がほとんどないからな」

「仲良くできればよいのですが……」

ベアトリーセ自身が妹の立場であり、自分より年下の子どもと関わった記憶がほとんどない。王城に行けば年上の大人ばかりだし、実家でも接するのは年上の軍人や使用人ばかりだ。年齢が唯一近しいのが侍女のリーリヤで、バルシュミーデ家に嫁いでも、引き続き侍女として仕えてくれることになっている。

「大丈夫だ。あなたは慈善活動の一環で慈善市も開いたそうだが、そのときも貴族や平民の身分問わずに、多くの子どもたちと接していたと聞いている」

「えっ……どうしてご存じなのですか？」

たしかに、慈善活動は積極的に行なっていた。慈善市を開いたときは、手ずから刺繍した手巾や焼き菓子などを出品していた。しかしそれは、王都で王太子の婚約者だったときの話で、半年ほど前の出来事だ。

「……ベアトリーセの情報は常に仕入れていたからな。だから俺の部下たちは、よく知っているんだ。『氷の薔薇』と呼ばれている女性が、本当は心優しいことも……王家のためにその身を捧げ尽くしてきたことも」

「ウィルフリード様……」

「結婚証明書は手に入れたことだし次は結婚式だな。これぱかりは時間をかけて用意しなければ、ご両親に申し訳が立たない」

国王の承諾を得て晴れて夫婦となったわけだが、貴族の挙式となると招待客だけでかなりの人数になる。また、公爵家の威信を周囲に知らしめる意味合いもあり、王家に負けずとも劣らない規模の披露宴になる。

（お父さまとお母さまの結婚式も、盛大だったと言っていたものね。でも……）

「両親も兄も、式の規模を気にする人たちではありません。それよりも、バルシュミーデ領の皆さんに心から祝福していただくために尽力したいと思いますわ」

この結婚は、長らく続いていた両家の確執を解消する目的もある。おそらく複雑な感情を抱く人も多々いるだろうとは想像に難くなく、そういった人々の心を解《ほぐ》していくのもベアトリーセの役目となる。

「あなたはいつも誰かのために動こうとするな。そういうところも魅力だが、もっと我儘《わがまま》を言って甘えてほしいとも思う」

「甘える……ですか？」

「と言っても、簡単にはできないだろう。徐々に慣れてくれればいい」

ウィルフリードは言いながら、ベアトリーセを自身に寄りかからせた。彼の肩に頭を預ける体勢になって身体が密着すると、鼓動が小さく跳ねた。

彼に指摘されたことは正しく、ベアトリーセには『甘える』という行為が難しい。ずっと長いこと、他者の模範であれ、付けいる隙を与えるなと、妃教育を施されてきたからだ。

家族の前では自然体でいられるが、それでも極端に我儘を言って困らせる真似はしたことがない。常に自身を律せねばならなかった立場ゆえの弊害だ。

「……これからは、甘えられるように頑張りますね。我儘もどんなものがいいか考えておきます。不慣れなので、上手《うま》くできるかわかりませんが」

「頑張るようなことじゃないんだが、期待して待っている」

ふっと笑みを零したウィルフリードは、ベアトリーセの髪を撫でながら囁いた。

「屋敷に着いたらあなたを抱く」

突然の宣言に驚き、思わず息を呑む。すると彼は、意味ありげに指を絡めてきた。

「まだそういう気になれないなら無理をしなくていい。急ぐことではないからな」

初夜の話題を切り出したのは、心の準備をさせるためだろう。夫婦となれば閨事は当然の行為なのだし、本来なら意思を確認する必要はない。

それでも選択肢を与えてくれるのは、ベアトリーセの気持ちを大切にしようとしてくれているからだ。

「お心遣いありがとうございます。でも、大丈夫ですわ。わたくしは、ウィルフリード様の妻になったのですし、その……時を置いてしまうと、よけいに意識してしまいそうで」

それに、彼は軍人だ。いつ屋敷を開けることになるか知れない身なのだから、一緒にいられる時間を大切にしたい。

「わかった。初夜を楽しみに道中は行儀よく過ごすことにしよう」

「ウィルフリード様が行儀の悪い振る舞いをなさるなんて、想像できませんが……」

「信頼されるのは嬉しいが、これでも理性を保とうと必死だ。好きな女性がそばにいれば、こういう真似をしたくなる」

ウィルフリードの手が、ベアトリーセの胸のふくらみにそっと触れた。薄い夜着の上から指を食い込ませられ、肩が上下に揺れる。

「あなたが俺に慣れるように、こうして毎夜触れようかと企んでいた。指や唇で肌に触れるのが当たり前になれば、いずれ受け入れられるだろうと」

「あ……っ」

やわやわと胸を揉みしだかれ、意図せず声が漏れる。彼の触れ方は強引ではないが、ベアトリーセの豊かな胸の感触を味わうように卑猥《ひわい》な動きをしていた。

「俺にこうされるのは怖いか？」

「いいえ……」

初めて口づけしたときもだが、彼はベアトリーセに触れると必ず確認する。少しでも恐れや嫌悪があればすぐに止めるつもりなのだ。それがわかっているから、怖さはまったく感じない。ウィルフリードを信頼している証《あかし》とも言えた。

直接触れられてはいないのに、手のひらの熱さを感じる。ゆったりとした仕草で反応を窺うように指を動かされると、じわじわと胸の頂きが疼《うず》きだす。

「っ、ぁ……」

甘ったるい吐息が零れるのが恥ずかしい。けれど彼は、ベアトリーセの羞恥ごと包み込み受け止めてくれた。

「我慢しなくていい。あなたが感じてくれたら俺も嬉しい」

不埒な指先が、布ごと胸の先端を擦る。瞬間、甘い痺《しび》れが全身に広がり、思わず彼の襯衣《シャツ》を掴んでしまう。

「ウィルフリード、様……何か、変な感覚が……」

奇妙な痺れに襲われて、下腹部が熱くなっていく。身体が昂《たか》ぶっていくのを感じて無意識に首を振れば、ウィルフリードが宥めるように微笑んだ。

「何も変なことはない。その感覚に身を委ねていればいい」

布地と擦り合わせるように乳首を捏《こ》ね回され、ベアトリーセは身悶《みもだ》えた。もどかしさすら感じてしまい、初めての感覚に戦《おのの》いてしまう。

（こんなに気持ちいいなんて……）

はしたないと思いつつも、彼に与えられる快感に耽溺《たんでき》していた。乳首を扱《しご》かれれば内股に力が入り、優しく撫でられれば肩が震える。

まるで、全身を彼に支配されていくようだ。だが、それが嫌ではない。むしろ、もっと触れられたいと欲が膨らんだ。

「は……ぁっ」

「胸だけでそんなに感じられると、もう少し深い場所まで触れてみたくなるな」

「ウ……ウィルフリード様が、お望みでしたら……」

「ずるいな、ベアトリーセ。そんなことを言われては、我慢できなくなるぞ」

くるりと視界が反転し、あっという間にウィルフリードに見下ろされる体勢になった。押し倒されたのだと意識すると同時に、襟ぐりを引き下ろされる。

「ああ、想像よりもずっと美しいな」

喜悦を含んだ声で囁いた彼は、まろび出た豊乳に唇を寄せると、愛撫《あいぶ》で尖《とが》ったそこにしゃぶりついた。

「あぁ……っ」

熱い口腔《こうこう》内に乳首を招き入れられ、舌で舐《な》め転がされる。声を上げては使用人がやって来てしまうと思いつつも堪えられなかった。

「はっ……あぅっ」

舌の上で転がされていたかと思えば、もう一方を指で揺さぶられる。左右に違う刺激を与えられたベアトリーセは、どうにか快感を逃そうと首を振る。触れられていないのに割れ目は濡れそぼり、強い羞恥に駆られた。

蜜口がひくついているのを自覚し、下腹に力をこめる。だが、愛液は止まることはなく、下着まで濡《ぬ》らしてしまいそうだ。

「ウィルフリード、さ、ま……ぁっ」

甘えたような声が室内に響く。こんな声音で話したことなどこれまでになかった。自分が自分でいられなくなるような、いかんともしがたい快楽は恐ろしいほどだった。

彼の指先が、今までよりも強く乳首を摘まむ。もう片方は軽く歯を立てられて、ぶわりと肌が粟立《あわだ》った。

（どうしよう、このままでは……）

粗相をしてしまいそうで、彼を止めようと身体を捩《よじ》る。けれど、夢中で胸にしゃぶりついているウィルフリードは気づいているのかいないのか、空いている手で太ももを撫でてきた。

「やっ、あ……」

夜着の裾を捲り、直接肌に触れてくる。ただ撫で回しているのではなく、明確な意志を持って身体の中心へ指が向かっていく。たやすく割れ目に到達した彼の手は、濡れそぼった恥部を布ごと押し擦った。

「んぁ……っ」

ぐちゅり、と、妄《みだ》りがましい水音が響く。布と花芽が擦れて腰を逃そうとしたものの、彼は夢中で胸を舐め回し、割れ目をまさぐっていた。

ウィルフリードの舌や指が、ベアトリーセの身体を愉悦の深淵《しんえん》へと追い立てる。どんどん淫らになっていく気がして、自分自身が怖くなる。これ以上乱れることを恐れたベアトリーセは、下着に指がかけられたところで思わず太ももを閉じる。彼の手を阻《はば》むように挟めば、我に返ったウィルフリードが胸から顔を上げた。

「っ、悪かった。……理性が飛びかけていた」

「いえ。その……恥ずかしくて」

「すまない。今夜はここまでにしておく。だが、今の感覚は覚えておいてくれ。これから何度も経験するからな」

不敵に微笑んだウィルフリードが抱きしめてくる。だが、密着した腹部に硬いものが当たり、ベアトリーセは大きな目をしばたたかせた。

「ウィルフリード様……その」

「……大丈夫だ。すぐに収まるから……少しこのままでいさせてくれ」

彼は欲望を果たすことなく、ただベアトリーセの身体を包み込んでいる。そのぬくもりは心地よく、この日は穏やかな気持ちで眠りに誘われたのだった。


船旅を終えてふたたび馬車で移動し、二日間かけてバルシュミーデ領に入った。

公爵邸に向かうまでの間、外の景色を眺めていると、南部との雰囲気の違いを多々感じる。

この時期、クラテンシュタイン領では花々が咲き誇り、視界に映るすべてが華やかに彩《いろど》られていたが、北部はまだ肌寒い。

同じ国内ながら気候が異なるのは不思議なものだ。知識として理解していたが、実際に体感しなければわからないことが多い。

商人ならば他領へ赴《おもむ》くこともあるが、よほどのことがなければ王都以外を訪れることはない。平民となれば自分の住む地域からほぼ出ることなく生きている者がほとんどだ。

バルシュミーデ領は、厳しい冬を経てようやく春を迎えたばかりだという。屋敷までの石畳を進む間に目に映ったのは、赤瓦と鮮やかに塗装された石塀だ。冬の間は積雪で白く染まる領内において、春の訪れとともに現れる石塀は領民に季節の移ろいを教えている。

「南部では見られない光景です」

感嘆するベアトリーセに、ウィルフリードが顎を引く。

「俺も南部を訪れたとき、同じように思った。北部では見られない華々しい光景だと。すれ違う領民も表情が明るく、いい領主が治めているのだろうと感じていた」

「父が聞いたら喜びますわ」

ウィルフリードとの会話は、他愛のない話でも楽しかった。たとえ互いに無言だろうと、気まずさは感じない。一緒にいるだけで心が弾む希有な存在だ。彼を知るほどに、惹かれる気持ちが強くなっている。

（あ……）

公爵家の紋章が掲げられた馬車が通ると、領民が手を振っている姿が目に留まった。

若くして公爵位と領地を引き継ぎ、これまで守ってきた若き主。ウィルフリードの帰還を皆が喜ぶ姿は、領民に愛されていることが窺えた。

「ウィルフリード様は、とても慕われているのですね」

「そうだと嬉しいが。ただ今回は、俺ではなくあなたを歓迎しているんだ。俺が妻を迎えたことを知っているからな」

宿敵とされた家門の娘だが、領民はそれよりもウィルフリードが妻を娶ったことを喜んでいるのだという。

「落ち着いたら領内を案内する」と言われ、「楽しみにしています」と笑みを浮かべたとき、彼の視線が馬車の前方へ向いた。

「見えてきたな。あれがバルシュミーデ公爵邸――これからあなたが住む屋敷になる」

彼が指し示した先にあるのは、小高い丘の上に建つ広大な館だった。

（あれが、ウィルフリード様が生まれ育ったお屋敷なのね……！）

緩やかな勾配《こうばい》の頂点にあるバルシュミーデ公爵邸は、ぐるりと石壁に囲まれていた。屋敷までの道に敷かれた石畳を進んだ先に見えるのは、巨大な鉄門だ。上部には、公爵家の紋章が刻まれた旗がひらめいている。

馬車が門前まで来ると、重々しく門が開いた。敷地内をさらに進めば、屋敷の前で使用人と軍人が左右に整列していた。

「公爵家で働いている方々ですか？」

「全員ではないが、主だった者は揃っているようだ」

玄関前の広場に集まっている人の中には、一足先に戻っていたニコラウスの姿もあった。

その傍らには、男の子と女の子がひとりずつ立っている。隣に座っているウィルフリードに視線を投げると、「弟と妹だ」と説明された。

「やっぱりそうだったのですね。ご挨拶するのが楽しみです」

やがて馬車が止まると、扉が開いたと同時に使用人たちが頭を垂れる。先に降りたウィルフリードに差し出された手を取り、ドキドキしつつ北部の大地を踏みしめた。

（南部とは空気が違う……ここが、これからわたしの故郷になるのね）

乾いた風が、ベアトリーセの銀の髪をふわりと揺らす。すると、ウィルフリードの弟妹を伴ってニコラウスが一歩前に出た。

「リカード様とルイーゼ様が、首を長くしてお待ちしてましたよ」

ニコラウスに促されたふたりが、兄を見てパッと顔を輝かせる。ウィルフリードは微笑ましげにふたりの頭を撫でてから、ベアトリーセを見遣った。

「リカード、ルイーゼ。俺の妻となったベアトリーセだ。これからは彼女が、この屋敷の女主人になる。挨拶を」

ふたりの弟妹は、ウィルフリードと同じく黒髪で面差しも似ていた。違うのは瞳の色だ。彼らの目は赤眼ではなく、灰褐色をしている。

（それにしても、美しいご兄弟だわ）

慈善活動で孤児院へ慰問することはあっても、子どもの扱いに長けているわけではなかった。ベアトリーセが近づくと、皆緊張してしまうのだ。公の場では気を張っていたから表情に乏しく、恐れられていたのかもしれない。

「はじめまして、ベアトリーセ様。遠路ようこそおいでくださいました」

そう言って挨拶をしてくれたのはリカードだ。

（か……可愛い……！）

「はじめまして、リカード様、ルイーゼ様。仲良くしてくださると嬉しいわ」

なるべく自然に見えるよう微笑み、ふたりに声をかける。だが、ルイーゼは明らかに不機嫌な顔でベアトリーセを見上げ、思いきり顔を背けた。

「クラテンシュタイン家の人となんて仲良くできないわ！　ウィルにいさまのお嫁さんには、もっとふさわしい人がいるんだから！」

「ルイーゼ！」

ウィルフリードが叱責すると、ビクッと身を震わせたルイーゼは、リカードの背中に隠れてしまった。

彼はため息をつくと、弟妹を厳しい目で見据える。

「……ベアトリーセは、俺が妻にと望んで嫁いでもらった。これまでは過去の諍いから交流がなかった両家だが、この機に南部ともいい関係を築こうと思っている。おまえたちにも、そう伝えていたはずだが？」

「申し訳ありません、あにうえ。ルイーゼには僕があとで言っておきますから……」

身を縮こまらせてリカードが妹を庇《かば》うも、ウィルフリードは首を振る。

「ルイーゼ、まずは謝罪を。いくら幼いとはいえ、おまえはバルシュミーデ公爵家の血を受け継ぐ者だ。短くない時間をかけてやってきた彼女を労《いたわ》るどころか無礼な真似をするのは、俺と公爵家の名に泥を塗る真似だと心得ろ」

幼かろうと非礼は許さないという断固とした態度だった。両親を喪《うしな》ってから、幼い弟妹の親代わりだったからこそ、厳しくしているのだろう。

「……ごめんなさい」

リカードの背に隠れながら、ボソリとルイーゼが呟く。他家の令嬢令息に対して同じような態度なら問題になるが、社交界にデビューしていない年齢であり、身内しかいない場である。今日のところはこれで充分だ。

「謝罪は受け取りました。改めて、よろしくお願いしますね、ルイーゼ様」

にこやかに声をかけたベアトリーセだが、ルイーゼはリカードの服の裾をギュッと掴み、視線を合わせることなく俯いている。

(ずっと兄妹で過ごしてきた家に、いきなり因縁のある家門からやって来たのだもの。戸惑うのは当たり前だわ)

ベアトリーセは自身に言い聞かせ、気長に距離を縮めていこうと前向きに考えた。

その後、使用人との顔合わせを済ませると、ウィルフリード自ら屋敷を案内してくれた。とはいえ公爵邸はとても広く、数時間程度ですべてを把握はできない。これは、追々覚えていくことになる。

ベアトリーセの部屋は、最上階の三階にあてがわれた。当主であるウィルフリードの部屋とは扉一枚で繋がっているため、互いに行き来が可能だ。広々とした室内は太陽の光がたっぷりと射し込み、傷一つ無い白壁を照らし出している。

寝台も明らかにひとり用ではない大きさで、天蓋の飾りは、家門を象徴する両翼を広げた鷹が黄金で装飾されていた。幾重にも折り重なった光沢のある絹が垂れ下がり、窓を開ければ風に波打つ様が美しい。

白を基調にした壁面には薔薇の紋様の浮き彫りが施されている。バルコニーに繋がる窓からは、公爵家が誇る庭園が見渡せるようになっていて、景観を楽しむことができた。

「こちらのお部屋だけでも、旦那様がベアトリーセ様を歓迎しているのが伝わってきます。クラテンシュタイン家のお屋敷と同じくらい素敵な造りですわ」

ベアトリーセの髪を梳《す》きながら、リーリヤが満足そうな笑みを零す。屋敷についてこの部屋を案内されて以降、ずっとこの調子だ。

これから迎える初夜のため、彼女はいつもよりも入念に準備をしてくれている。旅で疲れた身体を癒やすべく長く風呂に浸《つ》かったあとは、肌には薔薇の香油をたっぷり塗り込まれた。

全身の手入れが終わると、なめらかな素材の夜着を素肌に纏う。

この日のために用意された寝装衣は、大きく背中が開いていた。裾や胸元に縫い込まれたレースが可愛らしさを演出していたが、やけに身体の線が強調されており、明らかに閨を意識した衣装である。

下着をつけていないのも、どことなく心許《こころもと》ない。いつもは肌の露出がない寝間着なだけに、少々気恥ずかしい。

「お綺麗《きれい》ですわ、ベアトリーセ様。旦那様もお喜びになりますね」

「ありがとう。そうだと嬉しいわ。あなたは、こちらに来たばかりで何か困ったことはない？もしも何かあれば、隠さず言ってちょうだいね」

ルイーゼの態度から察するに、やはりクラテンシュタイン家に対する印象は悪いようだ。バルシュミーデ公爵家の使用人は態度で表すことはないが、気づかないところでリーリヤに苦労をかけるかもしれず、それだけは避けたかった。

「ご心配にはおよびません。もしも無礼を働く人間がいれば、わたしもタダではやられません。もちろん、ベアトリーセ様にご迷惑がかからないような方法で仕返しします」

自信たっぷりに宣言され、肩の力が抜けた。

元軍人のリーリヤは、理不尽に立ち向かう心根の強さを持っている。護衛ができるほど腕も立つため、めったなことで危機に陥ることはない。

　だが、それは彼女を心配しない理由にはならない。

「あなたのことだから、何かあっても上手に対処するだろうけど……慣れない土地だから、あまり無理しては駄目よ？」

「承知しました。知らない土地に来たら、まずは知り合いを増やすことと情報収集から始めないといけませんし、そう目立つ真似はしません」

「それならいいけど……。もしかして、もう情報収集をしていたの？」

「当然です。何がベアトリーセ様の害になるかわかりませんので。……でも、まだ初日ですからたいした話は聞けませんでした。ルイーゼ様が少々我儘にお育ちでいらっしゃることと、侍女のひとりが南部を快く思っていないことくらいです」

「……この短い時間で充分だと思うわ。むしろ働き過ぎではないかしら」

　そう伝えると、彼女は「何もしないほうが落ち着かないので」と笑い、ベアトリーセの髪から手を離す。

「わたしのことよりも、ご自身のことを考えてください。あと少しでウィルフリード様がいらっしゃいますよ」

　リーリヤから指摘され、思わず口を噤む。

　彼との初夜は、道中から意識していた。頭でぼんやり考えていたことが、初めて性的に触れられたことで実感が伴ったのだ。

しかし、不安はあれど恐れはない。このふた月の間で心構えはできている。結婚までの期間が短いものの、歩み寄ってくれるウィルフリードの気持ちに応えたいという思いが日に日に大きくなっていた。

少しでも恐れを見せれば、彼は事を進めず待ってくれる。けれど、ベアトリーセ自身がそれでは嫌だった。

（わたしは……身も心も結ばれた夫婦になりたいのだわ）

そう思えるのは、ウィルフリードが真摯に愛を伝えてくれるから。出会った時間の長さは無意味でしかない。義務や政略の入る隙がないほど愛される喜びは、ベアトリーセの心をこれまでになく満たしていた。

「ウィルフリード様となら、しあわせな結婚生活になるはずよ」

断言したベアトリーセが微笑んだときである。

部屋の扉をたたく音がし、リーリヤが素早くそちらへ向かった。確認せずとも訪問者は明らかだ。ベアトリーセの思考を占めていた人物、ウィルフリードその人である。

「それでは失礼いたします」

彼の訪れとともに、リーリヤが一礼して部屋を立ち去る。扉が閉まる音がして我に返ったベアトリーセは、立ち上がって彼に頭を下げた。

「お待ちしておりました、ウィルフリード様」

「部屋はどうだ。寛《くつろ》げるか？」

「ええ、とても。素敵なお部屋を用意してくださり感謝しております」

笑顔で答えると、長椅子へ促される。小さな卓子には北部原産の果実酒が置いてあり、ウィルフリードは銀製の酒器を手に取った。

流れるような仕草で果実酒を器へ注ぎ、ベアトリーセへ差し出す。

「ありがとうございます……これは、北部が産地のりんごを使っているのですね」

「そうだ。よく知っているな」

「いろいろ調べていたので。これからもっとこの地を理解したいと思っています。まずは、ルイーゼ様と仲良くなることを目標にしますわ」

「ルイーゼのことはすまなかった。来てそうそうに嫌な思いをさせたな。よく言って聞かせるから、もう少し時間をくれないか」

申し訳なさそうなウィルフリードに、ベアトリーセは緩々と首を振る。

「ああして感情をぶつけてくださるほうが嬉しいです。むしろ、心のうちを見せていただけないほうが怖いですわ」

特に社交の場では、笑顔で他者を貶めようとする人間が多くいる。だからこそ気を抜けないのだが、ルイーゼはそうではない。兄を思う気持ちは尊く、可愛いとすら思う。

「大好きなお兄様が、因縁のある家門の娘と結婚すれば面白く思わないのもわかります。ですが、ウィルフリード様のご兄妹ですし、いずれ打ち解けられますわ」

これは、ベアトリーセの本心だった。彼がクラテンシュタイン領まで赴き、父母や兄に誠意をもって接してくれたように、今度は自分がルイーゼたちの心を解きほぐしたいと考えている。

「すぐには無理だとしても、時間をかければ理解していただけるはずです。ですから、あまり心配なさらないでください」

彼に注いでもらった果実酒を飲み、笑みを浮かべる。

何事も最初から上手くいくわけではない。時間ならたっぷりあるのだから、焦らず距離を縮めていけばいい。

ベアトリーセが自身の想いを述べると、酒器を置いたウィルフリードに頬を撫でられた。

「あなたの考え方が好きだ。前向きで、自分にできることに力を尽くして対応しようとする。嫌なことがあっても腐らずにいる姿は、俺には眩しく映る」

ウィルフリードは、前公爵夫妻が病に倒れたとき、何日も塞ぎ込んでいたという。幼い弟妹を思いやれる余裕もなく、肩にのしかかる重責に押しつぶされそうになった。

「俺は、あなたの強さに惹かれたんだ。初めて出会ったときから変わらない芯の強さを尊敬しているし、自分もそうでありたいと思う」

「ウィルフリード様……」

「好きだ、ベアトリーセ。あなたを存分に愛したい」

　立ち上がったウィルフリードは、ベアトリーセの手を引いた。そのまま寝台まで向かうと、先に座って見上げてくる。

「心の準備はできたか？」

「はい。……拙《つたな》いとは思いますが、精いっぱい頑張ります」

　ベアトリーセは心臓が痛いくらい拍動するのを感じながら、その場に両膝をついた。「失礼いたします」と断りを入れ、ウィルフリードの下衣に手を伸ばそうとしたとき、珍しく驚いた様子の彼に遮られた。

「ベアトリーセ⁉　何を……」

「以前、王家の教師に閨教育を受けていた際、まず最初に男性を喜ばせて差し上げるのだと教わりました。その……口や手を使うのだと」

「口や手……」

「詳しくお教えいただき、実戦もいたしましたので大丈夫だとは思うのですが」

「実戦⁉」

「はっ、はい。……張形、というものをご用意いただき、ご教示くださいました」

「張形……」

　複雑そうに息を吐き出したウィルフリードは、ベアトリーセの両肩を掴んだ。

「ベアトリーセ、今夜は学んだことを披露しなくていい」

「もしかして、何か間違ったでしょうか……？」

「学んだことを、俺のために実戦しようとした気持ちは嬉しい。ただ俺は、船でもそうしたように、自分よりもあなたを感じさせたい。だから俺に身を任せてくれないか」

窺うようでありながら、有無を言わせぬ迫力があった。勢いに押されて頷くと、腕を引かれて抱き寄せられる。

「理性を失うかもしれないから、本当に嫌だと思ったら俺を殴ってでも止めてくれ」

「……止めません」

優しい心遣いが嬉しくて、ウィルフリードの背中に腕を回す。ベアトリーセの意思を第一に考えてくれる彼に、自分も応えたいと思っての行動だ。

しばしその体勢でいると、ウィルフリードはおもむろに顔を上げた。

視線が絡み、心臓が撥《は》ねる。彼の赤眼が、獲物に狙いを定めたように鋭くなっていたからだ。

それは、船の中でも垣間見えた欲望の灯火《ともしび》。彼のまなざしに肌が焼かれたように熱くなり、居たたまれなくなってくる。

「ベアトリーセ」

「あっ……」

彼は座ったまま、ベアトリーセの胸に顔を埋めた。布の上から乳頭を食《は》まれ、目の前にある彼の頭を掻《か》き抱《いだ》く。

「ウィルフリード、様……っ」

胸の頂きを布ごと強く吸引されると、船室で愛撫をされた感覚が蘇《よみがえ》ってくる。刺激を与えられた乳頭は勃ち上がり、布と擦れるだけで気持ちいい。

小さく声を漏らしながら快楽を堪えていると、顔を上げた彼が不敵に笑う。

「いい声だ。嫌がっていないようだな」

見透かされてドキリとしたとき、突如身体を持ち上げられた。軽々と自身の膝の上に横抱きにのせたウィルフリードは、ベアトリーセと視線を合わせて囁きを落とす。

「ずっと触れたかった」

熱のこもった声で告げられた瞬間、唇を奪われた。ただ重ねるだけではなく、合わせめから舌が侵入してくる。その感触に驚けば、ぬるぬると舌同士を擦り合わせられた。

「んぅっ……」

生温かくざらついた舌が、自分のそれを搦《から》め捕る。そちらに気を取られていると、今度は背中に手を這《は》わせられた。

背面が大きく開いた衣装だったため、たやすく肌に触れられる。うなじから背筋に指を這わせられると、とたんに肌が甘く疼く。その合間にも口内は彼の舌に蹂躪《じゅうりん》され、唾液をかき混ぜる音がやけに大きく響き渡った。

（苦しい、けど……）

嫌な感覚はまったくない。それどころか、的確に性感を刺激され、体内にある肉悦の扉が開かれていく。肌を這う指先も、口の中を舐め回す舌も能動的な動きで、ベアトリーセの身体をいやらしく高めていた。

無意識に彼の服の袖を掴むと、口づけを解かれた。唇の端から伝う唾液を指で拭い、ウィルフリードが問いかけてくる。

「大丈夫か？」

「は……い」

「よかった。あなたをこの腕に抱けるなんて、まだ夢を見ているようだ」

ベアトリーセを寝台にそっと横たえた彼は、自身の襯衣《シャツ》の釦《ボタン》を外しながら熱い吐息混じりに囁いた。喜色も露《あら》わに見つめられ、心臓が早鐘を打つ。

かつて施された閨教育は、まったく役に立たなかった。淫らな愛撫にただただ夢中になり、ウィルフリードだけしか見えなくなっている。

布越しの乳房に手を這わせられ、形が変わるほど強く揉まれると、びくびくと総身が震えた。彼の手のひらの感触が生々しく伝わり、体内を火照らせていく。船室で触れられたときよりもウィルフリードの仕草に余裕がなく、それだけ強く求めてくれているのだと思うと身体の中に歓喜が渦巻いた。

（触れられることで、こんなに幸せを感じられるなんて）

内心で羞恥に駆られていると、乳首を指で挟まれた。ごつごつとした指でいじくられ、乳頭が痛いくらいに勃起する。

気を抜けばはしたなく喘いでしまいそうで怖かった。呼気を乱して彼を見つめると、行為を止めたウィルフリードが額に口づけてくる。

「もう止めてやれないが、いいんだな？」

「……はい」

先ほど理性がなくなりそうだと言っていたのに、まだ彼は冷静だった。身勝手に事を進めずに、意思を確認してくれる彼が愛おしい。

「わたくしも……ウィルフリード様と結ばれたいのです」

微笑みながら告げた瞬間、息を呑んだウィルフリードが膝に手をかけた。

大きく足を開かせられて薄布が捲れると、蜜液に濡れた花園が露わになる。じっくり観察するように視線を据えられて恥ずかしくなり、ベアトリーセは彼に懇願した。

「あまり……見ないでくださいませ」

「あなたを抱く日を心待ちにしていたんだ。全身を隈《くま》なく愛したい」

固く閉ざされた肉筋を指で押し開かれると、愛液がとろりと零《こぼ》れ落《お》ちる。胸への愛撫で解《ほぐ》れた肉体は熟した果実のように熟れ、蜜口は誘うように蠢《うごめ》いていた。

秘裂に顔を近づけた彼は、そこへ舌を這わせた。刹那、ベアトリーセの腰が跳ね上がる。

「は、ぁっ……ウィルフリードさ、ま……ぁっ」

鮮烈な感覚が下肢に広がり、目の前が一瞬白く染まった。

花弁を舌で掻《か》き分けながら、愛液塗れの肉蕾を唇へ含まれる。敏感な部分を舌先で舐《ねぶ》られると切なく疼いた胎内がうねり、羞恥と快感の狭間《はざま》で身悶えた。全身を火で炙《あぶ》られたような熱に侵されたベアトリーセは、身動きが取れずにひたすら腰を左右に振った。

（こんなに感じてしまうなんて……）

愛液をいやらしく啜《すす》る音が耳に届き、ふたたび蜜孔から淫らな汁が吹《ふ》き零《こぼ》れる。

彼が自分の股座《またぐら》に舌を這わせている。そう思うだけで快楽を得る己の浅ましさに目眩《めまい》がしそうだ。それなのに、止めてほしいとは思わない。彼と、より深く愛し合いたいという思いが強く、恥ずかしさを凌駕《りょうが》していた。

肉襞を丁寧に舐められて秘所が蕩《とろ》けていく。割れ目の上部はひどく疼き、掻痒《そうよう》感に苛《さい》まれ、ベアトリーセの心身を肉欲へと誘い込む。

「っ、は……ただ見ているだけでも昂ぶるというのに……こうして触れていると、あなたが愛しくてどうにかなりそうだ」

顔を上げたウィルフリードに囁かれ、体温が一気に上がった。

身につけていたはずの夜着はいやらしく乱され、申し訳程度に肌を隠しているだけになる。彼の唾液と自分の蜜液で濡れて湿り、ベアトリーセの身体の線を浮かび上がらせている。

彼はベアトリーセの夜着を脱がせ、その手で自身の衣服を脱ぎ去った。襯衣《シャツ》を床に捨て去って下衣を寛げると、もどかしげに自身を取り出す。

ウィルフリードの陽根は硬く猛《たけ》り、肉胴に血管が浮き出ていた。先端からは透明な滴が流れ落ち、赤黒いそれに纏《まと》わり付いている。

初めて見た男性の象徴に、ベアトリーセは戦いた。男性器を模したという張型とはまるで違い、あまりに太く長大だ。すぐに顔を逸らしたものの、目に焼き付いて離れない。

「怖いか？」

自身は今にも弾けそうなほど昂ぶっているのに、それでも彼はなおも優しさを見せる。

（こういう人だから、わたしは……心を奪われたのだわ）

自分を組み敷く逞しく美しい夫を見上げ、今さらながらに自覚する。彼に抱いているこの想いこそ恋で、ウィルフリードが初恋の人なのだ、と。

「平気、です。わたくしの身も心も……ウィルフリード様のものです。どうか……お心のままに触れてくださいませ」

淫熱に浮かされながら告げれば、彼の赤眼が燃え盛る太陽のような熱を放った。

潤った肉筋を雄茎で往復されると、ぬちゅり、ぐちゅり、と音がする。花弁が捲れ上がるほど上下に腰を動かされ、雄槍の逞しさをまざまざと感じさせた。

「ベアトリーセ……愛している。あなたが捧げてくれた真心に、俺は一生をかけて応えよう」

ウィルフリードが告げた、次の瞬間。

ベアトリーセの膝裏に腕を潜らせると、獰猛《どうもう》にそそり立つ自身を蜜孔へ突き入れた。

「あぁっ……！」

丸みを帯びた肉棒の先端が、狭隘《きょうあい》な蜜口をこじ開ける。挿入されると、胎内が裂けてしまいそうなほどの圧迫感に襲われた。腹の内側に埋め込まれたとてつもない質量の雄槍がびくつくたびに媚肉を圧迫し、ベアトリーセに痛みを刻み込む。

「っ……ようやく、あなたが俺の妻になった」

吐息混じりに囁かれ、喜びが胸に広がった。

ウィルフリードは腰を動かし、媚肉をゆっくりと摩擦する。女窟は侵入を拒むように狭まっていたが、彼は辛抱強く自身とベアトリーセを馴染ませていた。

「ウィルフリード、さま……ぁっ」

「あなたが慣れるまで動かないから安心しろ」

彼は苦しげに眉根を寄せつつも、自身の快楽ではなくベアトリーセを優先させた。胸のふくらみに手を這わせ、凝った先端を指の腹で転がされる。物欲しげに勃起している乳頭はじくじくと疼き、比例して胎内の痛みがやわらいだ。

「そのまま俺に集中していればいい」

額に汗を滲ませ告げられると、ときめきで胸が甘く啼《な》いた。

ウィルフリードは全身でベアトリーセに愛を伝えていた。

彼の気持ちに応えたい。恋を自覚したことで、この行為がいっそう愛しいものに変わり、痛みが薄らいでくる。

「わたくしは、大丈夫、です。だから……」

我慢してほしくない。ウィルフリードにも、快感を得てほしい。その想いで微笑むと、意図を汲み取った彼が苦笑を浮かべた。

「あなたは、どこまでも清廉で優しい。……箍《たが》が外れたらもう止まれないぞ」

「え……？　んあぁっ……！」

意味を問おうとしたものの、最奥《さいおう》まで一気に貫かれて言葉にならない。その隙をつき、侵入を阻んでいた蜜襞を肉傘で押し拡げたウィルフリードは、苛烈な抽挿を始めた。

激しく突き込まれた腰が浮き、骨が軋むような感覚を覚える。肉襞と雄棒の摩擦によって生まれた喜悦はベアトリーセの意識を淫欲で塗りつぶす。

「あっ……んぅっ、くぅ……っ」

胎内を行き来されると、わずかに引き攣れたような痛みを感じた。熱の塊に身体の内側を焼き尽くされ、新しい肉体へ作り替えられていくようだ。

「ベアトリーセ……痛むか？」

「いいえ……平気です」

彼に問われて首を振る。痛みはあるが、それ以上の喜びがベアトリーセの悦を増していた。ウィルフリードとの交わりで得たものは大きく、一度手に入れれば手放せない。それは、肉体の快楽ではなく、心の快楽とも言うべき代物だ。

一方的ではなく、真に望まれて妻になった嬉しさが、身体を女のそれへと塗り替えていく。

「では、あと少し好きに動くぞ」

彼はベアトリーセの膝裏から腕を抜き、抱きしめてくれた。鍛え抜かれた肉体に押しつぶされるように抱かれると、その重みでよりウィルフリードと結ばれたのだと実感する。

耳朶に触れる彼の息遣いが乱れ、内部に埋め込まれた陽根がいっそう逞しくなった。硬い肉棒と蜜窟が密接に繋がり、抽挿のたびに攪拌された体液がじゅぶじゅぶと音を立てている。

「ベアトリーセ……」

夢中で腰を振りたくるウィルフリードが、譫言《うわごと》のように名を呼んだ。愛していると、離しはしないと言外に語っているかのようだ。

上半身を起こした彼は、ベアトリーセの身体をふたつに折り曲げた。膝に胸がつく体勢で抜き差しが始まり、これまでとは違う刺激に襲われる。

「あっ、んッ……やぁ……っ」

結合部が視界に入り、淫猥な光景にぞくぞくする。大きく太い彼のものを咥え込む様は、ことさらベアトリーセの心身を乱れさせた。

「くそ……優しく抱きたいが、止められない……ッ」

呻くように呟いたウィルフリードは、ベアトリーセの花蕾に指を這わせた。腰の動きに合わせて親指で押されると、胎内にいる雄棒を食い締めた。

「は……っ、まずいな。溺れそうだ」

苦しげに呟いたウィルフリードの壮絶な色気に心を奪われる。

思えば初めて会ったときから彼に見入っていた。透き通った紅玉のごとき赤眼は、彼の本質をよく表している。

整った容貌はともすれば冷たく見えるが、情熱的で思慮深さがある優しい人だ。美しく雄々しい孤高の軍人。ウィルフリードの妻になれたことが何よりも嬉しい。

（きっとこれから、もっとこの方を好きになる）

確信したベアトリーセが笑みを浮かべたとき、彼に両膝を左右に割り開かれた。臍の裏側を集中して擦り立てられ、腹の皮膚が大きく波打つ。どうしようもない疼痛《とうつう》に苛まれ、呼応するように肉筒が悲鳴を上げた。

「んぁ……ッ、激し……ぅっん！」

我を忘れたように内壁を擦り立てられると、喜悦が高まってくる。間断なく揺さぶられたことでたわわな胸が上下に揺れ、その振動にすら追い詰められた。

目の前で自分を穿つ彼の表情が切迫している。強く求められているのだと思うと嬉しくて、無意識に彼へ腕を伸ばす。

「っ……」

ウィルフリードはベアトリーセの願いを汲み取り再度体勢を変化させた。覆いかぶされ抱きしめられると、汗ばんだ肌が密着するのが心地いい。

「ベアトリーセ……っ」

ぐいぐいと奥に差し込まれる肉茎は、これ以上ないほど猛っていた。

ウィルフリードが動くと淫芽が刺激され、淫悦を余すところなく拾い上げていく。彼の形に沿って拡がった蜜洞が痙攣し、肉体の限界を伝えていた。

「だめ……ぇっ……ウィル、様……ぁっ」

美しく手入れされた銀髪は見る影もなく、無残に寝具の上に散っている。そんなことすら気にならないのは、ウィルフリードに余裕を奪われているからだ。

（どうしよう……わたし……）

なぜだか粗相をしそうな感覚がせり上がり、未知の状況が恐ろしくなる。それなのに胎内の蠕動は留まらず、雄槍を深く食い込んだ。

「好きだ……あなたにしか、こんな気持ちにならない」

言葉と同時に、苛烈な責め立てが始まった。これでもかというくらい媚壁を摩擦され、心も身体もかき乱される。熟れた蜜肉は膨張した雄棒に思いきり絡みつき、脈動すらを快楽の糧にして極みへと駆け上がる。

「あ、ぁっ……ンッ、あ……――っ」

思わずいきんだベアトリーセのつま先が丸まり、びくびくと肉洞が収縮する。意図せずウィルフリード自身を締め上げ、大きな愉悦の高波に飲まれていった。

「う……っ」

低く呻いたウィルフリードは、達したばかりの内壁を擦り立てる。鋭い打擲《ちょうちゃく》音を響かせながら抜き差しを繰り返すと、膨張しきった肉槍が最奥に白濁を撒いた。

「っ、ぁ……」

ウィルフリードの吐精は収まらず、胎内に大量の欲望が注ぎ込まれる。ベアトリーセは力の入らない腕を伸ばして彼に縋ると、幸福感に包まれて意識を手放した。

＊

気を失ったベアトリーセの世話を終えると、ウィルフリードは眠り続ける彼女を見つめ、満たされた気持ちを味わっていた。

(これが幸せというものか)

しみじみと感じながら、ベアトリーセの横に寝そべる。

寝姿を見ているだけで顔が緩むのは重症だと自覚はあるが、いまだに彼女が自分の腕の中にいるのが夢のような気がしている。

公爵位を継いでから、領地の運営と国境の防衛に命を懸けてきた。幼い弟妹が成長するまでは、自分の幸福など後回しだと思っていた。

だが、ベアトリーセに出会って世界が色づき始めた。

弟に家督を譲ったのちは、一軍人として防衛に身を捧げようとしていたはずが、今彼女は自分の腕の中にいる。これを運命と言わずして何というのか、ウィルフリードはそれ以上言葉が思い浮かばない。

（絶対に大切にする）

妻となった彼女の髪を撫でながら、改めて誓いを立てる。

それは、クラテンシュタイン家へ赴いた際に、ベアトリーセの家族にも宣言したことだ。

『バルシュミーデ公爵、聞きたいことがある』

屋敷に到着した当日の夜、客室へ案内されてしばらくすると、南方の郷土酒を携《たずさ》えてアーベルとフランツが部屋を訪れた。彼らの理解を得たいと思っていたウィルフリードが快く招き入れ、男同士の酒席となった。

酒器に並々と液体が注がれたところで、アーベルから話を切り出されたのである。

『あなたがベアトリーセを想ってくれているのはわかった。あの子を見初めたのも、かなり見る目があると思う。だが、手放しで賛成するのは難しい』

『それは、私がバルシュミーデ公爵家の人間だからでしょうか』

ウィルフリードの疑問に、アーベルはきっぱりと否定を示す。

『そうではない。これは、我々の後悔だ。――王太子との婚約をあのような形で破棄され、ベアトリーセのこれまでの努力は否定された。なぜもっと早く解放してやれなかったのかと、あの日からずっと悔いている』

父の発言にフランツも頷き、憂い顔を見せた。

『ニコラウス殿から、バルシュミーデ公の事情は聞いています。我々は、正直に言えばあなたに好感を持った。少なくとも、王太子よりもベアトリーセを尊重してくれている。ただ、俺たちは心配で……あんな目には二度と遭わせたくない。今まで苦しみに気づいてやれなかった分、これからは全力で守っていこうと家族で話し合っていたんです』

『……ベアトリーセは、今までずっと努力してきた。それこそ、公の場では笑顔を見せないほど完璧に王太子の婚約者を務めてきた。だが本来はお転婆で、笑顔の絶えない娘だった』

アーベルは息子と視線を交わし、懐かしそうに語る。

『幼いころのあの子は、伸び伸びと育っていた。フランツと同じように剣術の指導をしたこともあったし、軍人が経験するような野営に連れて行ったこともあった』

『それは……普通の令嬢は体験しないでしょうね』

驚いたウィルフリードが思わず呟く。『屋敷の敷地内だが』とアーベルは言っているが、貴族の令息でも野戦などめったに経験しない。守護軍を担うクラテンシュタイン家ならではの教育法だが、変わっていることは否めない。

『娘は昔、礼儀作法より剣や体術を好んでいてな。王太子の婚約者になってからは、訓練などできなくなってしまった。今の姿からは、想像もできないだろう？』

『ええ。彼女は淑女の鑑《かがみ》です。社交界でも手本とされる評判の令嬢だと、方々から聞き及んでいました』

ウィルフリードの答えに満足したのか、アーベルが誇らしそうに笑う。

『あの子の努力が結実したからこその評判だ。だからこそ、もう自由にしてやりたい。今後は、ベアトリーセの好きな生き方をさせてやりたいと思っている』

アーベルもフランツも、ベアトリーセを心の底から案じていた。

彼らがウィルフリードに抱いている不安は理解できる。バルシュミーデ家とはもともと交流もなく、代々不仲とされてきた家門の当主が、突然求婚したのだ。そして、王族に連なる血筋でもある。王太子と婚約破棄したばかりでは、警戒されて当然だ。

王太子妃になるべく教育されてきたベアトリーセに、これから先の人生は自由に過ごしてほしいという願いもよくわかる。

それでも、我慢できなかった。女性に対して初めて抱いた感情に突き動かされ、ベアトリーセに求婚するために動いた。

いつにないウィルフリードの態度に戸惑った者も多い。ニコラウスなどはその筆頭だろうが、この一年片想いしている姿を知っているからこそ、反対はされなかった。

――やっとベアトリーセに手が届く距離までこられた。

こうして彼女の父や兄と対話をし、結婚の許しを請えるのはなんと幸せなことか。巡ってきた機会に感謝せずにはいられない。

ベアトリーセを愛する人たちに誠意を伝えるべく、ウィルフリードは口を開く。

『……私は、常に己を律して北方守護軍を率いてきました。年を重ねて少し気を抜く術は覚えましたが、彼女には過去の自分と同じものを感じたのです。己の立場を鑑《かんが》み、感情を押し殺し、ただ責務のために邁進《まいしん》していた』

出会いのきっかけとなった事件のときもそうだった。傷ついたであろうベアトリーセは、それでも己の立場を、責任を、放り出すことはなかった。

『彼女の在りようは尊い。だが、痛々しくもありました。〝氷の薔薇〟と呼ばれていたのも、常に気を張っていたからでしょう。私は、そんなベアトリーセ嬢を支えたいし守りたい。結婚をしても、彼女には自然体で過ごしてほしいと思っています』

まだ自分は、公の場にいたベアトリーセの姿しか見たことがなく、だからよけいに彼女を知りたかった。きっと知れば知るほどに、彼女に惹かれるだろう予感がある。

『この一年、陰ながら彼女を見守っていました。……いや、そんな綺麗な話ではなく、ただただベアトリーセ嬢の存在が気になり、王都の手の者に近況を探らせていました。何か困った事態が起こった場合は、速やかに助けるよう命じました。彼女は憂いなく過ごせるようにすることこそ、使命のように感じていました』

『……バルシュミーデ公爵は、なかなか執念深……いや、情熱的なんだな』

やや顔を引き攣らせてフランツに言われたものの、ウィルフリードはまったく気にならない。事実、執念深さには自覚があるからだ。

『ご心配には及びません。私が執着するのはベアトリーセ嬢にだけです。彼女がどう過ごし、何を見たら笑顔になったのか……何を好み、何を嫌っているのか、知るのはとても楽しかったです。領地にいた私は、会えない時間でよけいに想いを募らせていたんでしょう。彼女が慈善市に出品した手巾を手にしたときは感動したものです』

ウィルフリードが浪々と語れば、アーベルもまた息子同様に表情が複雑になった。

『……バルシュミーデ公が、そこまでしていたとは……』

『最初は純粋に、彼女が困ったときに助けられればと思っての行動でした。でも今考えると、私は出会ったときからベアトリーセ嬢に心を奪われていた』

国境の守備を担っているウィルフリードは、当然危険な目に遭うことも少なくない。隣国軍との小競り合いだけではなく、凶悪な野盗の討伐もあれば国王から直接依頼を受けて犯罪組織の壊滅《かいめつ》に乗り出すこともある。

殺伐とした気持ちになることも多々あるが、今までそういうときは幼い弟妹の顔を思い浮かべていた。そして今は、ベアトリーセもそこに加わっている。

『どうか彼女との結婚を認めていただけないでしょうか。お願いします』

ウィルフリードは、アーベルとフランツに頭を下げた。自分の人生で、こうして結婚を願い出る日が来るとは思わなかったため、この状況にすら幸福感がある。

しばし沈黙が続いた。クラテンシュタイン家の家風なのか、突然の訪問でも歓待してくれたが、結婚となれば話は別だ。これまで宿敵として認識していた家門に大事な娘を嫁がせたくないだろう。

――もしも今回結婚の許しが出なくても、諦めるつもりはない。何度でもクラテンシュタイン領を訪れ、説得してみせる。

決意を新たにし、顔を上げたときである。

『バルシュミーデ公爵、あなたの誠意は伝わった。すべては、ベアトリーセの意思しだいだ。だが、我々はこの婚姻に反対しないと約束しよう』

『俺たちは、ベアトリーセの幸せを一番に考えている。それ以外は些末なことに過ぎない。両家の確執だろうとな』

アーベルとフランツの言葉で、ベアトリーセが愛されているのだと感じて顔が緩む。

彼女の家族はとても温かい人たちで、在りし日のバルシュミーデ公爵家を想起させた。

「う……ん」

クラテンシュタイン領へ赴いた際の出来事を思い返していると、ベアトリーセが小さく身じろぎをした。

起きる気配すらなく眠る姿は、先ほど淫らに乱れていたとは思えない美しさだ。彼女を中心に世界が煌めきを放っているようにさえ見え、ウィルフリードはこれが恋情の齎す効果なのかと苦笑する。

家族に抱く愛とは違う形の感情は、心の内側を柔らかな光で満たしてくれる。それは、春の日差しのように暖かく、小川のせせらぎのように心地いい。

（穏やかに過ごしてくれていればそれでいいと願っていたはずなのに）

一度こうして手に入れてしまえば、腕の中から逃したくなくなっている。

「あなたが俺に幸せをくれるように、俺もあなたを幸せにする」

ウィルフリードはベアトリーセに告げると、額に口づけを落とした。

第四章　花冠の誓い

　ベアトリーセがバルシュミーデ公爵領へやって来て十日ほど過ぎ、ようやく北部での生活にも慣れてきた。

　これまで公爵邸を切り盛りしていた執事から執務の引き継ぎなどはあったが、予想よりも遥に円滑に事は進んでいる。

　クラテンシュタイン家から娶《めと》った妻に対する複雑な感情がないのか気がかりだったものの、使用人たちは一様に『ウィルフリード様の結婚は我らの悲願でした』『主の気持ちを受け入れていただいて感謝申し上げます』などと歓迎されている。

（これも、ウィルフリード様の人徳ね）

　ここ数年で一番といっていいほどに穏やかに過ごしていたベアトリーセは、すっかり慣れ親しんだ部屋の中で笑みを浮かべると、侍女の淹《い》れた紅茶に口をつけた。この茶葉も、ウィルフリードがわざわざ南部から取り寄せたもので、何気ない生活の中でも気遣いを感じられた。

　王城でユーリウスの執務まで押しつけられていたときは、常に机の上の書類と格闘し、茶を飲む時間すら惜しむ日々を送っていた。文官と意見を交わしているうちに窓の外が暗くなるのが常だったため、ここへ来てからは時間を持て余し気味でもある。

「こんなにゆったりと過ごしていいのかしら……?」

「よろしいのではないでしょうか」

独白を拾って返事をしたのはリーリヤである。すでに馴染んだバルシュミーデ公爵家のお仕着せに身を包んだ彼女は、茶菓子を卓子に並べつつしみじみと語る。

「ベアトリーセ様は忙しすぎたのです。王城で王太子の執務まで請け負い、その合間に慈善活動や社交パーティやお茶会にも参加していらっしゃいました。わたしはいつか倒れてしまわれるのではないかと心配で」

「体力には自信があるから平気よ。お父さまたちに鍛えていただいていたし」

「そういう問題ではありません! まったく……押しつけられた仕事をこなし、陰日向となって殿下を支えていた方のどこが悪女なんでしょう。濡れ衣を着せたどこかの男爵令嬢のほうがよほど悪女じゃないですか」

リーリヤは人前ではしないような膨《ふく》れた顔を見せ、くるりと部屋を見まわした。

「クラテンシュタインのお屋敷に戻って間もなくにご結婚が決まり、慌ただしく過ごされたのですから、のんびりなさってください」

「ふふっ、ありがとう。リーリヤにも、少しお休みをあげないとね」

心配してくれる侍女の優しさに微笑むと、彼女が嬉しそうに目尻を下げた。

「わたしはお休みなんていりません。それよりも、ベアトリーセ様が、自然と笑えるようになったのが嬉しいです」

「自然に……たしかに、そうかもしれないわ」

王都にいたころは、常に人目に晒される日々で自然に感情を出すことなど皆無だった。唯一、家族やリーリヤの前でだけは素顔の自分でいられたが、眠っているとき以外の時間は常に『王太子の婚約者』でいなければならなかったから。

「……これも、ウィルフリード様のおかげね」

彼の顔を思い浮かべると、胸の鼓動が明らかに速くなる。

ウィルフリードは、『冷酷』だという噂が信じられないほど愛情深い人だった。ベアトリーセがたじろいでしまうほど、毎朝毎晩言葉や態度で愛を伝えてくれている。

（あとは、あのおふたりに認めてもらえればいいのだけれど）

ちらりと廊下に続く扉に目を遣ったとき、かすかに物音がした。リーリヤと顔を合わせて頷くと、彼女は少し待ってから扉をそっと開く。

「また今日も届きましたよ」

呆れたように言うと、箱を携えて戻ってきた。ベアトリーセがこの屋敷に来て二日目から、毎回同じ時間になると部屋の前に置いてあるのである。しかも空き箱ではなく、毎回何某かの虫が入っている。

「初日は蜘蛛《くも》、二度目は蟻《あり》、三度目は芋虫《いもむし》……よくもまあ飽きずに運んできますね」

「何か伝言でもあればいいのだけれど、ただ置いてあるものだから困るわね。わたくしへの贈り物なら、お返しをしなければいけないし」

「どう見ても贈り物ではなく嫌がらせです」

箱を眺めていたリーリヤはきっぱり言い放つと、諦めたように肩を竦める。

「ですが、相手の誤算は……ベアトリーセ様が、これらの虫に慣れていることでしょう」

「南部では散々見てきたし、虫を怖がるようではお父さまやお兄さまと訓練できなかったもの。リーリヤだってそうでしょう？」

「野戦訓練では、山の中で調達した獣や虫、草なんかも調理して食べましたから」

普通の令嬢には充分な嫌がらせになる行為も、ベアトリーセには特別騒ぎ立てるような出来事でもないのだ。むろん、悪意を持って箱の中身を用意していることは気になるが。

「とはいえ、そろそろ対応したほうがいいと思います」

「悪戯《いたずら》の域を出ていないし、実害もないから大事にはしたくないの。それになんだか、最近は何が入っているのか楽しみになって」

「……それ、リカード様とルイーゼ様には、言わないほうがよろしいかと。嫌がらせをしているつもりが楽しみにされていると知ったら、もっと過激な行動になるかもしれません」

虫入りの箱を毎日扉の前に置いて行くのは、ウィルフリードの弟妹である。箱が届いた初日に、リーリヤが突き止めていた。

「それは大丈夫ではないかしら。ただ、ご自分で虫取りをしているわけじゃないだろうし、代わりに虫を集めているだろう使用人が少し可哀想ね」

王都の社交場は、悪戯では済まない悪意に塗《まみ》れた行為が多々あった。特に王太子の婚約者という立場は標的になりやすく、パーティ会場の空き部屋に閉じ込められたこともあれば、お茶会に招いておきながらわざと間違った日時を教えられたこともある。

明らかにベアトリーセを陥れようという人間たちに比べれば、リカードたちの悪戯など可愛いもので、微笑ましさすら覚える。

「近いうちに、リカード様たちともお話ししないといけないわ。ウィルフリード様にご相談して、お茶会を開こうと思うの。さっそく今晩お話ししてみるわ」

「いいお考えだと思います」

ベアトリーセの計画に賛成の意を示したリーリヤが、不意に表情を引き締めた。素早く持っていた箱を置いて移動したと同時、扉をたたく音が部屋に鳴り響く。

使用人とは違う叩音《こうおん》に、侍女が恭《うやうや》しく開扉する。その先にいたのはウィルフリードである。

「ベアトリーセ、少しいいか」

部屋に入るなり問われたベアトリーセは小首を傾げた。

「はい。何か問題が起きたのですか？」

ウィルフリードが突然部屋を訪れるのは極めて珍しい。それに最近の彼は、近くバルシュミーデ領で開かれる春の大祭の準備で忙しく、昼間は屋敷にいないことが多かった。

冬が長い北部において春の訪れは待望であり、近隣からも多くの人が訪れる。集客が多ければ多いほど必然的に治安も悪くなるため、ウィルフリードは領主として街へ出向き、警備の配置などを指示しているのだ。

何かあるとすれば、春の大祭についてだろう。ベアトリーセが当たりを付けて尋ねたところ、彼は「違うんだ」と、やや照れくさそうに続けた。

「少し時間が空いたから、あなたの顔を見たくなっただけだ」

「まあ……嬉しいです」

彼の言葉で、ベアトリーセの頬に朱が走る。

わずかの間を縫って顔を見せてくれる気持ちが嬉しい。自然と笑みを零すと、彼にそっと髪を撫でられた。

「ここへ来てから、あなたは外出していなかっただろう。だから今度開かれる春の大祭に参加してはどうかと思ってな」

「わたくしが参加してもよろしいのですか？」

「もちろんだ。あなたに、バルシュミーデ領が誇る大祭を見てほしい。俺は当日になるまで参加できるかどうかわからないが、なるべく時間を作る」

　バルシュミーデ公爵領に来てから、屋敷の敷地外へ出るのは初めてだ。まずは女主人としての仕事をある程度覚えてからと思っていたが、思いがけず街の様子を知る機会を得たのはありがたい。

「ぜひ参加したいです。可能であれば、ひとつお願いがあるのですが」

「なんだ？　あなたの願いなら、大抵のことは叶えよう」

「リカード様とルイーゼ様と、一緒にお祭りに行ってもよろしいですか？」

　ベアトリーセは、ふたりと交流をしたいこと、茶会を開こうと思っていたが、祭りのほうが気兼ねなく会話ができそうだと考えたことを伝えた。

「そういうことなら俺から伝えておこう。ちょうどこのあと、ふたりに会う用がある」

「では、お手紙を書くのでお渡ししていただいてもよろしいでしょうか？」

「ああ、構わない」

「では、すぐに用意してまいりますわ」

　頷いたウィルフリードは、ふと卓子に置いてある箱に目を留めた。

「それは？」

「あ……ええと、贈り物ですわ」

　上品なしつらえの部屋には、およそ似つかわしくないくたびれた箱である。彼が不審に思うのも当然だ。

しかもまだ中身を確認していないため、なんとも答えにくい。言い淀むベアトリーセだったが、ウィルフリードは複雑そうに眉根を寄せた。

「……その箱には見覚えがある。たしか、リカードとルイーゼが持っていた。それも、中庭で虫を集めているときに使っていた」

「えっ、おふたりはご自分で虫取りをするのですか？」

思わず反応すると、「主に集めていたのはリカードだ」と説明された。ルイーゼはさすがに虫に触れられないようだが、貴族の子女であればそれが普通だ。

「貴族の子息子女の中には虫を見るのも嫌だという者も多いでしょう。小さなころから自然に慣れ親しんでいるのですね」

感心していると、ウィルフリードが困惑したように額に手を当てた。

「先ほど贈り物だと言っていたが、嫌な予感がしてならない。もしかして、今までにも同じことがあったのか？」

「箱に入った虫を何度かいただきました。今日はどんな虫を取っていらしたのか楽しみだとリーリヤと話しておりました」

ウィルフリードの視線がリーリヤへ向く。発言を求められた侍女は、「たしかに楽しんでおられました」と、ベアトリーセの発言を後押しする。

ふたりの主従の話を聞き、ウィルフリードが眉間の皺をさらに増やす。

「……あなたは予想以上におおらかで心配になる。だが、度の過ぎた悪戯を放置はできない。弟と妹が申し訳なかった。俺の監督不行き届きだ。謝罪は改めてさせるが……」

「そこまで大事ではありませんわ。さすがにウィルフリード様も、リカード様たちの行動は予想していなかったでしょうし。それに、おふたりは心の整理が必要なのだと思います。長らく不仲だった両家が結びつくのですもの」

リカードもルイーゼも、本気でベアトリーセを害そうとはしていない。尊敬する兄が宿敵の娘を娶《めと》った事実を消化しきれずに、想いをぶつけているだけだ。

「ウィルフリード様を愛しているからこそ、大切なお兄様と添い遂げるに値するのか、わたくしを見極めていらっしゃるのではないでしょうか」

本気で困っているならば相談したが、今回はその段階でないと強調する。

「バルシュミーデ家とクラテンシュタイン家の確執が原因でわたくしを認めてくださらないのなら、認めていただけるようにするのは自分の役目だと思うのです」

「わかった。あなたがそう言うのなら、しばらく静観していよう。だが、何かあったらひとりで解決しようとせず、すぐ相談してくれ」

「ありがとうございます。では、少々お待ちくださいませ」

頭を下げたベアトリーセは、手紙を認《したた》めるためにその場を離れた。

＊

部屋に残ったウィルフリードは、ベアトリーセの侍女、リーリヤに目を向けた。

いつも彼女のそばに影のように控えているにもかかわらず、今はなぜか動こうとしない。つまり、主のいない場で話をしたいという意思表示だろう。

(ちょうどいい機会だ)

先に話題となった箱を手に取り、リーリヤへ問うた。

「弟と妹が置いて行ったもので間違いないな?」

「はい。蜘蛛、蟻、芋虫と続き、さらに、蛾や正体不明の虫の幼虫などが箱に入っておりました。とはいえ、ベアトリーセ様はこういった虫には慣れていらっしゃいますので、気にされておりません。先ほども申しましたが、むしろ、楽しみにされていたほどです」

リーリヤは箱の蓋をそっと開けて確認し、ウィルフリードに中を見せた。

「今日は等脚目《とうきゃくもく》のようです」

「まったく……。申し訳ないことをした。それは、こちらで始末しよう」

「閣下のお手を煩《わずら》わせるわけにまいりません。どうかお気遣いなきよう。それよりも、優秀な侍女をつけてくださり感謝いたします。皆様、とてもよく気の利く方ばかりでベアトリーセ様も喜んでおられました」

リーリヤは主を本当に慕っているようで、表情にそれが表われていた。

「我が領地へ来てくれたベアトリーセが、つつがなく過ごしてもらえるよう気を配るのは当然だ。……だが、王城では違っていたようだな」

ウィルフリードが水を向けると、リーリヤが目を瞠る。

「……ご存じでしたか。例の事件の後より、王太子付きの使用人から嫌がらせされることがございました。陛下からの言づてをわざと伝えなかったり、執務に必要な資料を寄越さなかったり、ベアトリーセ様に理不尽に怒鳴られたなどと噂を流す人間もおりました。何度暗殺を考えたかわかりません」

よほど腹に据えかねているのか、リーリヤの言動が怪しくなってくる。ウィルフリードは、彼女を心の底から慕っている侍女の姿に安堵した。それと同じくらい、ベアトリーセのそばに自分がいられなかったことを悔しく思う。

「……彼女の性格であれば、国王や王妃には相談しなかっただろうな」

「お察しの通りです。ただ、ベアトリーセ様は今回の件と同様に、重く捉えていらっしゃいませんでした。何があろうと、たいていご自身で対応できてしまうので……殿下はそれがよけいに気に入らなかったようです」

ユーリウスは王族としての自分を誇っているが、それは驕りにもつながる。優秀なベアトリーセと自身を比べ、顧みるどころか劣等感を拗《こじ》らせていたのだ。

「婚約破棄をされたときだって、ベアトリーセ様はご自身よりも周囲の心配をされていました。国王や王妃の期待を裏切って申し訳ないと……ご家族が自分のことで王家と不仲になることを懸念しておられましたし」

「それは、ベアトリーセらしいが……だからこそ、もうその手の苦労はさせたくない」

思わず呟くと、リーリヤが嬉しそうに首肯する。

「ベアトリーセ様は、求婚をされてからずっとお幸せそうに笑っておられます。それまでは、『感情を排することこそ王太子妃になる者に必要』だと教え込まれてきたのです。ですからわたしは、閣下と結婚してどんどん表情が豊かになるお姿を見て嬉しいのです」

「そうか……」

彼女を一番近くで見てきた侍女の言葉は、誰よりも信用できる。

「今後、何か気になることがあれば俺に直接言ってくれ。俺たちの目的は同じだ。互いに協力したほうがいい」

ウィルフリードもリーリヤも、ベアトリーセの幸せを一番に考えている点では一緒だ。情報を共有していれば、何かあったときすぐに対応できる。

「あの方のお相手が閣下であることに感謝いたします」

虫入りの箱を持ったリーリヤは、ウィルフリードの提案を受け入れると、一礼して部屋を辞した。

（リカードとルイーゼについても、近いうちになんとかしなければならないな）

ウィルフリードはベアトリーセを待ちながら、ある計画を実行することを決意した。

＊

春の大祭当日。やはりウィルフリードと一緒に出かけるのは難しいとのことで、リカードとルイーゼ、それに護衛のニコラウスと侍女のリーリヤと一緒に祭りへと赴いた。

護衛は騎乗し、侍女は御者台にいるため、移動の馬車内は三人だけである。

「想像よりも、とても華やかなお祭りなのね……！」

馬車の中から見る街の景色は、どこも花々が飾られて明るい色合いになっていた。広場には露店が建ち並び、バルシュミーデ領の誇る工芸品が並んでいる。もちろん食事もできるようになっていて、屋台で買った商品を食べながら祭りを見るのが定番のようだ。

「祭りは毎年ありますが、今年は四年に一度の規模で開かれる大きな祭りなんです。ベアトリーセ様に見ていただけて僕たちも嬉しいです」

ベアトリーセの対面に座ったリカードが言う。兄の隣にいるルイーゼはずっとワクワクした様子で、祭りに沸く街を眺めていた。

（こういうところは子どもらしいわ）

微笑ましく思いつつ、「ルイーゼ様は毎年お祭りに来るのですか？」と問うと、「当たり前じゃない！」と、珍しく会話になった。

「春の大祭は、バルシュミーデ領にとって大切な行事ですもの！　このお祭りを楽しみにしていない人なんていないわ！」

「皆、とても楽しそうに歩いていますものね。ぜひ、お勧めの楽しみ方を教えてくださると嬉しいわ」

この地へ来てから、まだ領民と直接関わる機会はない。今は、長らく公爵邸の切り盛りをしていた執事から習い、屋敷の管理や財務状況について学ぶ日々だ。いずれは街に視察に訪れたいと考えていたため、今回はまたとない機会である。

とはいえ、今回はお忍びで祭りに参加するため、目立つ行動は避けねばならないのだが。

ルイーゼは少し考えると、「いいわよ」とボソリと答えた。こちらを見ていないため表情はわからないが、大切にしている行事に水を差したくないのかもしれない。

「ありがとう。今日は三人で楽しみましょうね」

ふたりに告げたところで、馬車が止まった。騎乗していたニコラウスが馬を下り、馬車の扉を開けてくれる。

「どうぞ、奥様」

「ありがとう、ハンゼルマン卿。今日はよろしくお願いしますね」

「お任せください。ウィルフリード様にも、言い含められていますので」

にこやかに言いながら、手を差し出される。クラテンシュタイン領へも訪れていた北方守護軍の副官は気のいい人物で、何かと気にかけてくれている。

土地勘がないため気ままに歩くことはできないが、ニコラウスとリーリヤのふたりがいれば、不自由なく楽しめるだろう。

それに、表立ってはついてきていないが、数名の軍人が少し離れた場所から護衛していると聞いている。まだ嫁いできて間もなく、顔も知られていないベアトリーセにさほど危険はないが、リカードとルイーゼはある程度周知された存在だ。祭りで常より人の往来が多い街において、当然の措置《そち》である。

「ベアトリーセ様は、この祭りの由来はご存じですか？」

ニコラウスに水を向けられ、小さく頷く。

「初代のバルシュミーデ公爵が、奥様に花冠を贈って求婚されたのが由来だと学びました。今でも初代公爵に倣《なら》い、花冠を贈る風習が残っていると」

「ええ、よくご存じですね。ウィルフリード様は、今年はベアトリーセ様にこの祭りで花冠を贈りたかったと思いますよ」

「もう結婚しているのに、ですか？」

「花冠を渡した花嫁とは、永遠に離れないと言い伝えられています。初代公爵が待雪草《まつゆきそう》を使った花冠を贈ったので、バルシュミーデ領では待雪草がモチーフの品が多いのです」

待雪草は、寒冷地に春の訪れを告げる花である。白い花弁が下を向いて咲いており、滴《しずく》のような形をしているのが特徴だ。

バルシュミーデ領について資料を読んではいるが、こうして現地にきてわかることもある。特に民の間に伝わるその土地ならではの常識などは実際に見聞きして初めて知ることも多い。

(そうだ！　お近づきの印に、リカード様とルイーゼ様に待雪草の刺繍を施したものを贈ってもいいかもしれないわ)

リカードたち兄妹は少し前を歩き、あちこちの露店を興味深そうに見ていた。

彼らから目を離さぬよう気を配りながら、自分も祭りの雰囲気を楽しむ。大きな広場に差し掛かると、家族連れや恋人同士と思しき男女が、大道芸を観覧して歓声を上げていた。

(ウィルフリード様もご一緒できればよかったのだけれど)

幼い兄妹も喜ぶだろうし、何よりベアトリーセ自身が彼と一緒に祭りを体験したかった。いつの間にか、彼は楽しみや喜びを共有したい相手になっている。そう気づくと、くすぐったいような、胸が躍るような、不思議な心地になった。

ベアトリーセの胸のうちを表すように、周囲から明るい音楽が流れてくる。この地に伝わる歌なのか、周囲の人間は、皆、各々で歌を歌い始めていた。

（素敵な曲ね。おふたりなら、曲名を知っているかしら）

大道芸人へ向けていた視線を、リカードとルイーゼへと戻したときである。

「えっ」

少し前を歩いていたはずの兄妹が、忽然と姿を消した。

「ハンゼルマン卿……っ！」

隣にいたニコラウスに声を投げかけると、ベアトリーセの視線の先に気づいた彼がギョッとした顔を見せた。

「リカード様、ルイーゼ様……⁉」

ふたりを護衛していた数名も姿を見失ったのか、焦った様子で周囲を見まわしている。

「目を離したのはほんのわずかな時間です。すぐに探しましょう！」

祭りで賑わっている街中には、領民以外の人間も通常より多く出入りしている。バルシュミーデ公爵の弟妹が、危険な目に遭わないとも限らない。

一気に緊張感が増したベアトリーセは、周囲に鋭く視線を走らせた。すると、石畳の上に親指の爪ほどの大きさの石礫《いしつぶて》を発見する。

（あれは……）

特殊な塗料で白く塗りつぶされた石礫には見覚えがあった。

南方守護軍の軍人、とりわけ、斥候が持たされている石礫だ。これだけで、リーリヤがリカードたちを見失っていないことを悟りホッとする。

「ハンゼルマン卿、わたくしの侍女がおふたりを追っているようです。急いで向かいましょう」

「侍女殿が？　そういえば先ほどから姿が……」

「彼女はわたくしの侍女としてクラテンシュタイン家より連れてまいりましたが、元々は南方守護軍に従事していた軍人です。腕は確かなので、今日はわたくしよりもリカード様とルイーゼ様を気をつけて見ているように申しつけております」

ウィルフリードの不在時に、弟妹に何かあっては申し訳が立たない。だから今日は、リカードたちには内密にリーリヤへ命を下していたのである。

「あの石礫を辿っていけば、リカード様たちのもとへ辿り着けるはずですわ」

「申し訳ありません、ベアトリーセ様……このご恩は必ずお返しいたします」

ニコラウスが深々と頭を下げると、リカードたちの護衛も彼に倣う。ベアトリーセは「急ぎましょう」と護衛らを促し、石礫を見逃さないよう目を凝らした。

人の往来が激しいせいで、石礫は見つけにくくなっていたが、それでも闇雲に探し回るよりも効率がよかった。どちらに向かえばいいのか、おおよその方向がわかっているため、迅速に動くことができる。

やがて一行は路地裏までたどり着いた。そこで、リカードたちを陰から守っていたリーリヤが合流する。

「リーリヤ、状況の説明を」

「はい。リカード様とルイーゼ様は、何者かに拐《かどわ》かされたわけではなく、ご自分たちの意思で護衛を振り切ったようです」

リーリヤの話によれば、護衛たちの目が離れた一瞬の隙をつき、彼らはその場にしゃがんで移動を始めた。ただでさえ人が多い中、子どもが人に隠れるようにして移動すれば、見つけることは困難だ。

リカードたちに悟られぬよう尾行をしていたリーリヤは、彼らの会話も聞いていた。いわく、ベアトリーセを困らせたいという、ちょっとした悪戯心で行動したらしい。

ちなみに今は、まんまと道に迷ってしまい、行き止まりの路地に入り込んでいるという。歩き疲れたのか、ルイーゼはその場に座って動かないそうだ。

「事件性がなくてよかったわ。それでも、お説教が必要ね」

ベアトリーセが安堵の息をついたそのとき、子どもの悲鳴が聞こえてきた。

すぐにそちらに目を向ければ、野犬がリカードたちの前に立ちはだかり、唸り声を上げている。牙を剥き、今にも飛びかかってきそうな野犬を前に、ふたりは恐怖で身動きが取れなくなっていた。

「っ、ふたりとも、伏せて！」

先ほど拾っていた石礫をベアトリーセが野犬目がけて投げると、犬の胴体に命中した。「ギャンっ！」と鳴き声が上がった瞬間、地面を蹴ったリーリヤが野犬を制圧する。

急いで駆け寄ったベアトリーセは、しゃがみ込んで動かないふたりの前に膝をついた。

「もう大丈夫よ。怪我はない？」

「べ、ベアトリーセ様……」

リカードが瞳に涙を溜めて見上げてくる。ルイーゼは恐怖で声にならないのか、ポロポロと大粒の涙で頬を濡らしていた。

「無事でよかった」

めいっぱい両腕を広げたベアトリーセがふたりを抱きしめる。すると、ルイーゼがとうとう嗚咽混じりに泣き出した。

「こっ、怖かっ……」

「怪我をせずに済んだのは幸運だったわ。だけど、ふたりとも自分たちだけで行動する危険を理解しなければいけないわ」

公爵邸の中であれば大事には至らないが、ここは彼らを守ってくれる屋敷内ではない。ベアトリーセを困らせるためだけに行動を起こしたのであれば、自分の立場を理解していないのだと言わざるを得ない。

「あなたたちが、わたくしに対して何か思うところがあるのなら直接言葉で伝えなさい。屋敷の外で勝手な真似をして何かあった場合は、護衛していた人たちの責任も問われるのよ」

「そんな……つもりは……」

弱々しく反論しようとしたリカードだが、その前にルイーゼが遮《さえぎ》った。

「リカードにいさまは悪くない……っ、わたしが……無理に、誘ったから……」

「そうね。ルイーゼ様は軽率だったし、リカード様は妹の間違いを正せなかった。悪いことをすれば、立場に関係なく罰を受けなければいけない。それだけではなく、自分たちの行動はお兄様の評価にも繋がるのだと覚えておきなさい」

子どもには厳しい言葉かもしれないが、これはベアトリーセが幼いときに厳しく言い含められてきたことでもある。

リカードもルイーゼも肩を震わせて話を聞いていたが、しばらくすると涙の残る目でベアトリーセを見つめた。

「申し訳、ありませんでした……」

「……自分のしたことなのだから、罰は受けるわ」

心から反省している様子に、やはりウィルフリードの弟妹だと感じる。王太子などは、幼いころから自分の非を絶対に認めようとはしなかったからだ。

「わかりました。では、リカード様。あなたには、毎日剣術のお稽古のあとに、わたくしとルイーゼ様と一緒にお茶の時間を設けてもらいます。ルイーゼ様。あなたは、わたくしと一緒に刺繍のお勉強をしていただきます。それが、おふたりの罰です」

「え……」

相当重い罰を覚悟していたのか、ふたりは目を瞬かせた。ベアトリーセは微笑むと、「不満ですか？」と問いかける。

「わたくしは、バルシュミーデ家とクラテンシュタイン家の確執を解消させるお役目も担っています。まずは、あなた方と仲良くなることで目的の第一歩としますわ。しっかり皆で手を合わせて協力しましょう。いいですね」

諭すように告げると、泣きながら首肯したルイーゼが、気まずそうに語り始めた。

「……ウィルにいさまには好きな人がいたの。それなのに……王太子殿下に婚約破棄された悪女と結婚させられるのは、可哀想だって思って……だから、わたし……」

「僕だってそうだ。あにうえは、国王陛下の命令でしかたなく結婚したんだって思ってた。だから、ベアトリーセ様を困らせて、屋敷から出て行ってもらおうって……そうすれば、あにうえは好きな人と結婚できるから」

ふたりの言葉を聞いたベアトリーセの胸に、鋭い痛みが走った。

たしかに、悪女として王太子に断罪され、婚約破棄をした。けれどそれは濡れ衣だし、ウィルフリードが国王に頼まれたというのも、彼の態度からは考えられない。

しかし、先ほどルイーゼが言った、『好きな人がいた』という言葉が気にかかる。

彼ほど魅力的な人であれば、過去に何かあっても当然だ。でもそれは、あくまでも過去であって今じゃない。

（……だけどその方は、ウィルフリード様のお相手として歓迎されていたってことよね）

リカードとルイーゼがベアトリーセを受け入れなかった理由を知れば、咎める気になれなかった。ふたりに悪意はなく、兄の恋を成就させようと必死だっただけだから。

「もう泣かないで」

ベアトリーセは穏やかに声をかけ、ウィルフリードの大切な存在をもう一度抱きしめた。

「ごめんなさい、ふたりとも。もっと早くに、話をする機会を設けるべきだったわね」

幼い彼らを安心させられなかったのは、ベアトリーセにも責任はある。尊敬する兄の妻に〝悪女〟の噂があったら家族として心配だったろう。方法はともかくとして、虫入りの箱も今日の迷子騒ぎも、子どもなりに真剣に考えたうえでの行動だったのだ。

「ウィルフリード様に好きな方がいらっしゃるのは存じ上げなかったけれど、あの方はわたくしを妻にと望んでくださったの。だからわたくしは、バルシュミーデ家に一生を捧げるつもりよ。もちろん、あなたたちのことは家族だと思ってるわ」

抱きしめていた腕を解き、リカードとルイーゼに微笑みかける。頬に伝う涙を手巾で拭ってやれば、ふたりが驚いた顔を見せた。

「この手巾の刺繍……」

「これは、わたくしが考えた図柄よ。王都で開かれた慈善市に出品していたの。バルシュミーデ領でもそういう催しがあれば参加したいわ」

　ベアトリーセの説明を聞いたふたりは、互いに顔を見合わせた。

「……ウィルにいさまが王都に行ったとき持って帰っていらした手巾が、同じ図柄だったわ。想い人が、慈善市に出品された品だと言って見せてくれたの」

「あにうえの好きな人は、ベアトリーセ様だったのですね……それなのに僕たちは、勘違いでひどいことを……」

　リカードとルイーゼは、バツが悪そうに俯いてしまう。

　ウィルフリードが慈善市でベアトリーセが出品した手巾を手に入れていたとは思わなかった。それも、兄妹に思い人などという説明をしていることなど想像すらしなかったことだ。

（あの方は、会わない間もわたしを見守ってくださっていたのね）

　彼の想いの深さを感じ、胸が温かく満たされていく。もう何度、ウィルフリードの言動に癒やされ励まされたかしれない。

　そのたびに想いが募り、大きくなっていくのだ。もう彼なしではいられないと思うほどに、ベアトリーセの心はウィルフリード一色に染まっている。

「……ベアトリーセ様。今まで意地悪な態度を取ってごめんなさい。わたし……ウィルにいさまからの伝言を言わないつもりだったの」

意を決したように手のひらを握りしめたルイーゼは、勢いよく頭を下げた。

「ウィルにいさまは、街外れにある噴水の前で待ってるって。ベアトリーセ様を驚かせたいから、わたしたちから伝えてほしいって頼まれたの」

だが、ふたりは相談をしてあえてベアトリーセに伝えないことにした。自分たちだけでウィルフリードのもとへ行こうとしたのだ。

「あにうえから言づてを頼まれたとき、話があったんです。『ベアトリーセに言うかどうかは、おまえたちの判断に任せる』って。僕らがどうするかを見たかったんだと思います。でも、話さなかったらきっと……あにうえに失望されていました」

後悔を滲ませているリカードの表情に、幼いながらに葛藤《かっとう》していたことが窺えた。

(ご両親を亡くしてから、ウィルフリード様だけを頼りに過ごしてきたのだもの。きっと兄妹の間には、ほかの人にはわからない絆があるのだわ)

今後この幼い子どもたちに頼りにしてもらえるよう信頼を築かなければならない。改めて強く意識したベアトリーセは、ふたりに問いかけた。

「この話をしてくれたのは、わたくしがウィルフリード様の待つ場所へ行ってもいいと認めてもらえたということ？」

ルイーゼとリカードは互いに顔を見合わせると、力強く頷く。

「意地悪なことしてごめんなさい……今までのことは、ウィルにいさまにもちゃんと謝るわ」

「僕たちは先に戻りますから、あにうえのところへ行ってください」

「せっかく一緒に来たのだし、みんなでお祭りを楽しみましょう。ウィルフリード様も、そう望んでいらっしゃるはずよ」

遠慮しているが、兄と祭りを楽しみたいに違いない。先ほど危険な目に遭ったのだから、なおさらウィルフリードと会いたいのではないか。

しかしリカードたちは、ベアトリーセが誘っても首を縦に動かさなかった。

「……これはお詫びよ。これ以上にいさまを心配させたくないもの」

大人びた物言いをしたルイーゼは、兄の裾をぎゅっと掴んだ。その手をそっと握ってやったリカードが、ニコラウスに声をかける。

「ベアトリーセ様を、あにうえの待っている場所まで送ってくれ。僕たちは、ほかの護衛と一緒に馬車へ戻るから」

「承知いたしました。ウィルフリード様も、喜ばれると思います」

兄妹が下した判断を聞いたニコラウスが笑みを浮かべ、ベアトリーセに頭を下げた。

「おふたりのご希望ですし、お聞き届けいただけますか?」

「わかりました。今日のところは、おふたりの厚意に甘えさせていただきますわ。今度はぜひ、四人でお祭りに来ましょう」

「はい、楽しみにしています」

揃って答えたリカードとルイーゼは、護衛とともに馬車へ向かった。

そう簡単に良好な関係にはなれないかもしれないが、少しずつ距離が縮まればいい。焦らなくても、これから先時間はたくさんあるのだ。

ふたりを見送ると、ニコラウスとリーリヤと一緒にウィルフリードのもとへ向かった。

祭りを楽しんでいる領民の間をすり抜けながら、街の様子を眺める。歩いているだけで気分が弾むのは、幸福そうな笑顔があちこちで咲いているから。領主のウィルフリードが、この地に住む人々に心を砕いているからこその光景だ。

王都にいるだけではわからなかった民の暮らしを目にして、ベアトリーセの表情が自然と柔らかくなる。

「バルシュミーデ領は、素敵な領地ですね。ウィルフリード様が守り続けている領民の笑顔を見ることができて嬉しいですわ」

「そう言っていただけると、ウィルフリード様もお喜びになります。戦《いくさ》となれば冷酷にも残酷にもなる方ですが、すべては国とこの地を守るためです。王都の平和呆けしている貴族や民は、あの方が身を挺して守護軍を率いていることをわかっていない」

ともすれば危ういニコラウスの発言だが、主への敬意に満ちていた。こうして部下に慕われるのも、彼の人柄なのだろう。

「わたくしも、もっとあの方への理解を深めたいわ。これからも、ウィルフリード様のお話をいろいろ聞かせてくれると嬉しいわ」

「私でよければぜひ」

ニコラウスが笑みを浮かべたとき、後方からついてきていたリーリヤから「噴水が見えてきましたよ」と言われ、意識をそちらへ向ける。

多くの屋台がある大通りを抜けたところで、両翼を広げた鷹の石像が見えてきた。近づいていくと、石像が噴水の上部に付されたものだとわかる。バルシュミーデ公爵家の紋章でもある鷹の彫刻は、今にも空へ飛び立とうとするかのように精巧な造りだ。

（あっ……）

広場の全体を見渡せる場まで来ると、ウィルフリードがひとりで半円形の噴水の前で佇んでいた。人通りは少ないからか彼に気づく者はおらず、供の者も連れていない。どことなく近寄りがたさを感じさせた。

ベアトリーセが歩み寄ると、接近に気づいた彼の相貌が穏やかになる。ひとりでいるときは孤高の存在に見えるが、目の前にいる彼からはその影が失せている。

「お待たせいたしました。リカード様とルイーゼ様のご厚意で、ウィルフリード様のもとへ来ることができました」

「じつは、リカードたちが伝えてくれるかどうかは賭けだった。これであなたが来なければ、さすがに仕置きが必要だと思っていたところだ」

ウィルフリードは、やはりあえて弟妹にこの場で待っていることを伝えさせたという。言づてを託したのは、これまで歩み寄る姿勢を見せず、それどころか悪戯を仕掛けてきたリカードたちに与えた最後の機会だった。

「おふたりとも、ウィルフリード様のお気持ちはわかっていらっしゃいました。それに今度、一緒にお茶会をすることになったのです。これから少しずつ仲良くなれると思いますわ。ですから、あまり心配しないでくださいませ」

「お茶会？　よくあのふたりが承諾したな。この短い時間でどんな魔法を使ったんだ？」

「少しお話をしただけで、特別には何も」

ベアトリーセの返答を聞いたウィルフリードの視線が、ニコラウスとリーリヤへ向く。彼らは微苦笑を浮かべているが何かを語ることはなく、一礼して来た道を戻って行った。

「あのふたりの様子だと、リカードたちの態度を軟化させたのはやはりあなただな」

ふっと微笑まれ、ベアトリーセの鼓動が小さく跳ねる。

ウィルフリードとふたりきりになると、やはりドキドキしてしまう。肌も合わせているというのに、笑顔を見るだけで胸の奥が騒ぎ、顔に熱が集まってくる。

美しい赤眼に自分が映っていることが嬉しくてたまらず、恥ずかしさと照れくささがない交ぜとなった不思議な心地で彼に告げる。

「……今度は、ぜひ四人でどこかへお出かけできれば嬉しいです」

「そうだな。時間を作ろう」

「ありがとうございます。おふたりも、きっと喜びますわ」

礼を告げたベアトリーセは、ちらりとウィルフリードを見遣った。彼にどうしても尋ねたいことがあり、そわそわしていたのだ。

「どうした？」

「ルイーゼ様たちに、ウィルフリード様には思い人がいらっしゃるとお聞きしました」

そう切り出すと、彼の秀麗な顔が怪訝そうに歪んだ。

「思い人など、まったく記憶にないが……」

「王都で慈善市に出品していた手巾の刺繍をした女性だそうです」

ベアトリーセの言葉に、ウィルフリードが珍しく動揺した素振りを見せる。

「それは……」

「この柄の刺繍が施された手巾を、ウィルフリード様も持っていらっしゃるのですか？」

手巾を手に彼を見つめると、彼は観念したように目を伏せた。

「あなたと約束を交わした日から、俺はベアトリーセの情報をいろいろ仕入れていた。それは、船でも話した通りだ。何か困ったことがあれば、影ながら手助けしたかったし、少しでも繋がりを持ちたくて調べていたんだ」

そうしてベアトリーセが慈善市に手巾を出品することを知ったウィルフリードは、すべての品を買い取ったのだという。

「……そんなことをしたのは初めてだったからな。ニコラウスやルイーゼは、俺の変化を敏感に察知していた。だから言ったんだ。俺の思い人が刺繍した手巾だ、と」

バツが悪そうに語る彼は、今まで見たことのない表情をしている。

（こんなことを思ったら気を悪くされるかもしれないけれど、とても可愛らしいわ）

彼の言葉や行動のひとつひとつに、嬉しくなったり喜んだりと感情が忙《せわ》しない。求婚されてから今まで、人生で一番と言っていいほど心を揺さぶられている。

「そんなに前から思ってくださっていたなんて……全然気づきませんでした」

「……あなたが初恋だからな。どうやって気持ちを昇華すればいいのかわからないまま、ただベアトリーセの影を追っていた。自分でも、少しやり過ぎだと自覚はある」

「わたくしは、ウィルフリード様のお気持ちを知って嬉しかったですわ」

素直に告げたところ、彼の腕が伸びてきた。次の瞬間、ふわりと硬い腕に包み込まれ、胸に抱かれた。

「今こうしていることが奇跡のようだ」

ウィルフリードの指先が、ベアトリーセの頬に触れる。彼の視線も温もりも、心を甘やかに震わせる。

まなざしや些細な仕草に愛情を感じて胸をときめかせていると、彼は足もとに置いてある箱の中から花冠を取りだした。

「今日はこれを渡したかった」

「あ……」

それは、待雪草を使用した花冠だった。色とりどりの花の中でも、待雪草の白い花弁は存在感を放っている。素朴だが可憐で、先ほど聞いた話も相まって神秘性を感じた。

「ハンゼルマン卿にお聞きしました。『花冠を渡した花嫁とは、永遠に離れない』という言い伝えがあると……初代公爵の逸話だそうですね」

「そうだ。この手の話に興味はなかったが、あなたに花冠を贈りたいと思った。リカードとルイーゼも、俺の考えを察してこの場を遠慮してくれたのだろう」

彼は綺麗な花冠をベアトリーセの頭にのせた。瞬間、言葉にならない愛しさが胸に溢れ、目頭が熱くなってくる。

祭りの喧噪から離れており、周囲に人影がないことから、まるでこの場だけ世界が切り取られたかのような錯覚を覚えた。

「やはりあなたは花が似合う。もっとも、どれだけ美しい花であろうと、ベアトリーセ自身の美しさには敵うまいが」

「っ……」

彼の言葉は、いつも心に直接響く。それは、ウィルフリードから向けられる感情に偽りがないからだ。照れてしまいそうなほどに言葉を尽くし、態度で愛を示してくれる。

ウィルフリードを前に身も心も震えるのは、ベアトリーセ自身も彼を愛しているからにほかならない。

「ありがとうございます、ウィルフリード様……この花冠に誓います。わたくしは、永遠に離れることはないと」

「むろん、俺もだ。離れたいと言っても離さない」

迷いなく宣言するウィルフリードの姿に、言葉にならないくらいの感動が胸に迫る。

（この愛だけは、絶対に手放せない）

腕を伸ばした彼が、そっと抱きしめてくれる。ウィルフリードに与えられる深い愛情に満たされたベアトリーセは、今ある幸せな時間が永遠に続くことを願っていた。

第五章　公爵邸襲撃事件

春祭りでひと騒動あって以降、リカードとルイーゼとの関係は良好になっていた。すぐに打ち解けられるわけではない。ただ、それまでよりも会話が増え、格段に距離が縮まっている。彼らが自分から話しかけてくるようになったのは大きな変化だった。

「いろいろありましたが、仲良くやっていけそうで安心しております。今日は、ルイーゼ様とリカード様の訓練を見学したあとに皆でお茶会をしたのです。」

就寝前にその日の報告を互いにするのは、夫婦の日課になっていた。寝台で寄り添い話していると、楽しそうに聞いていたウィルフリードが感心したように笑った。

「あなたには驚かされることばかりだ。春祭りでも野犬を相手に活躍したと聞いたときは、思わずもう一度聞き返したほどだ」

「幼いころに、父や兄に護身の術や狩猟のやり方を教わっていたのです。ある程度の年齢となってからは、礼儀作法を重点的に教育されましたので、リーリヤに比べれば児戯《じぎ》のようなものですが。じつは、軍人にも憧れていました」

「あなたなら、どの世界でも真摯に学び、その道を究めるのだろうな。だが、軍人にならなくてよかった。さすがに、南方守護軍から引き抜いて妻にするのは難しそうだ」

「まあ、ふふっ。たとえ南方守護軍へ従事していたとしても、ウィルフリード様でしたら、わたくしに求婚してくださると思います」

「そうだな。たとえ、フランツ殿やクラテンシュタイン公と勝負してでも、あなたを手に入れていただろう」

それまで笑っていた彼は、ふと表情を曇らせた。

「……じつは、あまり楽しくない話がある。このところ国境付近で野盗が出没していると報告を受けた。近くには村もあるし、被害が出る前に対処せねばならない」

「野盗が……」

「あの辺りの治安が悪くなれば、国境の守りが脅かされる恐れがあるからな」

話の内容が一変し、緊迫感が増す。つまりそれは、彼自ら指揮にあたって賊を掃討することを意味しているからだ。

兵站の輸送を野盗に襲われれば、国境を守る守護軍の働きに影響が出る。そうなるとバルシユミーデ領に面している隣国に攻め入る隙を与えかねず、また、首都まで野盗が足を伸ばすようなことが起きれば様々な犯罪が横行するようになる。

「……では、近くに出立されるということですね」

「ああ。明後日には精鋭を率いて現地に向かうことになる。野盗の中には隣国のならず者もいるというし、早く捕まえるに越したことはない」

もし隣国に逃げられてしまえば、こちらからは手出しできなくなる。その前に対応しなければいけないと彼は語った。

「心配はいらない。すぐに戻ってくる」

「……はい」

首肯するベアトリーセだが、不安は拭えなかった。

父や兄も、南方守護軍として国境付近で起こる諍《いさか》いを鎮圧しに行くことはある。けれどそのたびにベアトリーセは心を痛めていた。どれだけ彼らが武勇を誇る軍人であろうとも、危険な場所へ赴くのだから心配は尽きない。

「ウィルフリード様が戻られるまで、毎日ご無事を祈っています」

「あなたが祈ってくれるなら、どんな神の加護よりも強力だ」

ウィルフリードは安心させるように力強く述べると、ベアトリーセに口づけた。安心させるように髪や背中を撫でながら、口腔に舌を入れられる。

「っ、ん……」

唇を貪られる感触に身震いする。唾液をたっぷり含んだ舌で口中をくすぐられると、全身が歓喜に震えた。

ひとたび触れられれば、彼を愛しているのだと身体が訴えるように緩やかに開いていき、奥底から熱が湧き出てくる。

ウィルフリードは口づけを解かぬまま、ベアトリーセの夜着をはだけさせた。乳房を淫らな手つきで揉みしだかれ、ずくりと下腹部が疼く。

「ウィルフリード、様……待ってください……」

夜着を脱がせようとする彼の手を止めると、至近距離で囁かれた。

「嫌か？」

「いえ……ただ、今夜は……わたくしに、愛撫させていただきたいのです」

このような提案は、はしたないかもしれない。それでもベアトリーセは、告げずにはいられなかった。いつも感じさせてもらうばかりだから、ウィルフリードにも満足してもらいたい。行動で愛を伝えようと思ったのである。

ベアトリーセの申し出が予想外だったのか、ウィルフリードは虚を突かれた顔を見せた。けれどすぐに不敵な笑みを浮かべ、自身の上体をやや起こす。

「俺は、ベアトリーセとの営《いとな》みに不満を持ったことはないが……そうだな。せっかくの申し出だ、ありがたく受け取ろう。ただし、俺にもさせることが条件だ」

「えっ……」

「俺を跨いで尻を向けるんだ。そうすれば、互いに愛撫できるだろう？」

誘うように告げる声は艶やかで、猛烈な色気を放っている。赤眼の奥に欲望がギラギラと揺らめくのを見ると、それだけで肌が粟立った。

ウィルフリードと身体を重ねると、とてつもない多幸感に包まれる。唇が、指が、態度が、表情が、常にベアトリーセに気持ちを伝えてくれるから。

少し躊躇《ためら》いつつも、彼を悦《よろこ》ばせたい気持ちが大きかった。ベアトリーセは言われたようにウィルフリードに尻を向けると、おずおずと彼の腰を跨いだ。

「それでいい。あなたの好きに弄ってみろ。俺も、好きなように愛撫する」

「は……い」

淑女にはありえない体勢だ。そう思うと羞恥でどうにかなりそうだが、自ら言い出したことであり、これからすることを思えば今さらな話だ。

ウィルフリードの下衣に指で触れ、窮屈そうに膨らんでいる前を寛《くつろ》げる。すると、ぶるりと勢いよく陽根が飛び出てきた。

「っ……」

目の前で見る肉棒は、ひどく生々しかった。大きく張り出した傘に、長い胴体に苦しげに浮き出た血管。すべての造形が、美しい彼には似つかわしくない凶暴なものだった。これが自分の身のうちに収まるものだとはやはり信じられない。

「無理はしなくていいぞ」

背後から声をかけられたベアトリーセは、緩々と首を振った。

口淫の方法は教育を受けている。実践はこれまでしていないため上手くできる自信はないが、彼に愛を伝えるべく淫杭に指を添えると、その先端に口づけた。

「っ……」

丸く膨らんだ雄芯を口に含んでそっと吸い上げると、びくり、と、ウィルフリード自身が脈を打つ。鈴口から流れる先走りを舐めながら、肉胴に舌を這わせていくと、なぜか自分の下腹部まで熱くなってくる。

口の中に収めきれない雄々しく長大な彼自身が、自分の身体に入り、暴れ、快感を呼び起こすのが不思議でならない。

「は……あなたにそんなことをされると、すぐにでも果てそうだ」

呟いたウィルフリードは、ベアトリーセの夜着の裾を捲り上げた。下着をつけていないため、彼の眼前に恥部を晒すことになってしまう。

「っ、ウィルフリードさ、ま……？」

「言っただろう。互いに愛撫すると。だが、俺が舐めずともすでに濡れているな」

尻たぶを左右に割った彼は、蜜の滴るそこに舌を沈ませた。生温かくざらついた舌で花弁を舐められ、鮮烈な快楽が突き抜ける。

「やっ……んぁっ」

思わず肉杭から唇を離してしまい、再度口に含もうとする。しかし下肢に広がる強い快楽に抗えず、ただ腰をくねらせた。これではいつもと同じだ。ベアトリーセは必死に耐えながら、雄槍に指を絡めて上下に扱く。

「っ、ぅ……」

唸るようなウィルフリードの声が耳に届く。彼も自分と同じように悦びを得ているのかと思うと気持ちが昂ぶった。

肉傘から垂れ流れる滴は量を増していき、ベアトリーセの指をも濡らしている。肉棒を擦り立てていくとぬちぬちと卑猥な音が大きくなっていき、硬く熱い塊へと変化する。

「は……好《よ》すぎて、どうにかなりそうだ」

独白のように言うと、ウィルフリードの指先が濡れそぼつ割れ目を掻き分けた。奥に潜む淫芯に触れると、そこを揺さぶってくる。

「あ……だめ……っ」

主導権を握れたのはわずかな間だけで、すぐにウィルフリードの反撃が始まった。

秘裂を舌で往復させつつ花蕾を指で擦られて、びくびくと腰が震える。蜜孔から吹き零れた愛液を音を立てて啜られれば、聴覚まで犯されていくようだ。

秘すべき部分を互いにさらけ出し、あられもない姿で愛撫をし合っている。これほど淫らな行為は彼としかできないし、絶対にしたくはない。愛情があるからこそ、すべてを受け止めてくれる相手だと信じているからこそ淫蕩になれるのだ。

「ん、ぅ……っ」

ベアトリーセはふたたび彼の雄茎を口に含んだ。張り出した肉傘に吸い付くと、徐々に全体を口内に収める。途中まで咥えただけですでに息苦しかったが、懸命に彼自身に奉仕した。

「ベアトリーセ……っ、もう、いい」

切迫した声を放つと、ウィルフリードが体勢を変えた。その拍子に肉塊から口を離したと同時、身体を反転させられる。

「どうせ達くなら、あなたの中がいい」

隠しきれない欲望が浮かぶ赤眼を目の当たりにした瞬間、腰を抱え込まれた。時を置かずに雄棒をねじ込まれ、意識を失いそうなほどの衝撃に襲われる。

「もう止まれない。今夜は眠れないと思え」

「ああ……ッ」

彼の宣言に答える前に突き上げられて言葉にならない。骨に響くほど腰をたたきつけられ意識が飛びかけるも、ウィルフリードのすべてを受け止めたくて彼に縋りつく。

その夜、ふたりは時を忘れて淫らにまぐわい、互いの愛を確かめ合った。

出立当日。屋敷の玄関前には、北方守護軍の精鋭が集まった。

馬車や騎馬がずらりと並ぶ中、総司令のウィルフリードが軍人たちと行程の打ち合わせをしている。リカードとルイーゼは少し不安そうにしていたが、それでも毅然と兄を見送ろうと涙は見せなかった。

「ウィルにいさま、大丈夫かしら……」

「当たり前だよ。あにうえは強い。必ず無事に戻ってくる」

自分に言い聞かせるように妹に答えたリカード。彼らはいつもこうして、危険な場へ赴く兄を見送ってきたのだろう。

「リカード、ルイーゼ。ベアトリーセの言うことをよく聞き、一緒に屋敷を守ってくれ」

「……はい」

ウィルフリードは膝をつき、弟妹を抱きしめた。彼にとってもまた、これが出立の儀式なのだろう。しばらくそうしてから立ち上がると、ベアトリーセに向き直る。

「ベアトリーセ。ふたりを頼む。留守は任せた」

「承知いたしました。ご無事を祈っております」

頭を下げたベアトリーセは、ルイーゼの背をそっと押した。

「ウィルフリード様、こちらをお持ちください。わたくしたちが一緒に刺繍した手巾です。さあ、ルイーゼ様」

ベアトリーセに促され、ルイーゼが照れくさそうに手巾を差し出す。そこには、待雪草をモチーフにした柄を刺繍していた。受け取ったウィルフリードは、「上手いものだな」と感心し、妹の頭を撫でている。

「閣下、そろそろお時間です」

部下に声をかけられた彼の表情が引き締まる。一気に緊張感が高まる中、不意に腕を伸ばしたウィルフリードはベアトリーセを掻き抱く。

「あなたが屋敷で待ってくれていると思うと強くあれる」

「……皆と、お帰りをお待ちしております。行ってらっしゃいませ」

笑顔でいようと思ったのに、ウィルフリードのぬくもりに抱かれると胸が締め付けられる。家族とは違う大切な人。彼はいつの間にかなくてはならない存在になっていた。

ベアトリーセは大きな背中に腕を回し、彼の無事を願って神に祈りを捧げた。

ウィルフリードが出立して二日目の夜。ひとりで私室にいると、どことなく心細さを感じた。彼と結婚して長期間離れるのは初めてのことで、つい寂しく感じてしまうのだ。

昼間はまだいい。リカードやルイーゼと三人の茶会をしたり、不在のウィルフリードに代わり領主の代行として使用人らに指示を出すこともある。

やることが多いのは嬉しい。自分が必要とされ、役に立てている実感を得られる。それに、彼のいない寂しさが紛れるのだ。

（ウィルフリード様や軍の方々が傷つくことなく、無事にお役目を果たされますように）

眠りにつく前に祈りを捧げるのは日課になっていた。

彼と過ごした時はそう多くない。けれど、とても濃密な時間を過ごし、今では誰よりも大切で愛しい人になっている。

クラテンシュタイン家の家族は、ベアトリーセにとって何にも代えがたい大事な存在だった。だが、ウィルフリードは家族とはまた違う。最初は敬意だった感情が少しずつ変化していき恋になり、異性へ抱く愛へと昇華した。

貴族の義務としての結婚ではなく、愛し愛される喜びを教えてくれたのはウィルフリードだ。誰かを恋しく思う生活など、結婚するまで想像すらしなかった。彼のいない生活などもう考えられない。だからこそ、早い帰還を願わずにいられない。

（ウィルフリード様が留守でも安心できるよう、わたしはわたしのできることをしよう）

前向きな気持ちで過ごそうと意識してひとり頷くと、寝台に横たわったときだった。

ガシャン！　と、何かが割れる音が聞こえてきた。

（こんな夜更けにどうしたのかしら……？）

ベアトリーセがいるのは最上階で、夫婦の部屋と彼の書斎があるのみだ。下の階はリカードとルイーゼの部屋があり、使用人部屋は別棟にある。

ただし、専属侍女と屋敷を管理する執事だけは主の居住区に部屋を持つ。侍女のリーリヤも、ベアトリーセがいる部屋の隣に私室を割り当てられていた。

だが、侍女も執事も、めったに粗相をするような人たちではない。そうなると屋敷を守っている護衛の不手際ということになるが、彼らは特に夜は物音を立てないように屋敷の内外を巡回している。

(……異変があればリーリヤが対応するし、護衛もいてくれる。心配はないはずよ)

ベアトリーセは自身に言い聞かせつつも、警戒は怠らなかった。寝台の脇にある収納棚から、護身用の短剣と例の石礫の入った小袋を取り出した。

クラテンシュタイン家の娘として、護身の術は身につけている。とはいえ、その道の玄人《くろうと》相手では時間稼ぎにもならず、何もしないよりはマシという程度だ。これはいざというとき――たとえば、身を穢されそうになった場合、自らの命を絶つための武器である。

「――ベアトリーセ様」

部屋の扉が小さく叩かれ、入室の許可を出す前にリーリヤが室内に滑り込んでくる。彼女が手順を踏まずに部屋に入ってきたということは、異変が起きているという証だった。

「何かあったのね?」

「おそらく賊が侵入しています。少人数で階下の窓から入ったようです」

どくり、と心臓が嫌な音を立てた。

先ほど聞こえた破砕音は、賊の侵入時の音だったのだ。階下の窓硝子を割って屋敷に押し入ったのならば、こちらが気づくのを想定しての行動だろう。

「リーリヤ、わたくしに構わず行ってちょうだい」

「承知しました」

短く命を下すと、元軍人の侍女はすぐさまその場を駆けていく。

ベアトリーセは帯革で短剣を左上腕に括り付け、石礫の入った小袋を首から提げた。全神経を研ぎ澄まし、足音を立てずに階下へ向かう。

公爵邸の守りは盤石《ばんじゃく》だ。北方守護軍の精鋭は国境へ向かっているとはいえ、屋敷に配置されている護衛も、その辺の物盗りなどでは太刀打ちできる相手ではない。

そう、通常であれば何事も起きるはずはない。それなのに屋敷に賊が侵入したのなら、何事かありえない事態に陥ったことになる。

(ウィルフリード様が不在のときに何者かが侵入した。これが偶然ではなく仕組まれたものであれば……賊は手練れとみて間違いない)

ベアトリーセは楽観主義ではなく、常に最悪の事態を考えて行動をする。今もそうだ。この屋敷にいる貴人が自分ひとりであったなら、リーリヤやほかの護衛の足手まといにならぬよう身を隠すのが正解だ。

しかしここには、守るべき幼き者がふたりいる。

ウィルフリードが守ってきた弟妹を危険に晒すわけにはいかない。場合によっては、己の身を挺して彼らを生かす。上腕に括った短剣の重みは覚悟の証だった。

素早く階段を下ると、とたんに男の怒声が耳に届く。とっさに身を隠して様子を窺えば、リーリヤが複数の賊に応戦していた。その背後では、リカードたちが腰を抜かして震えている。

「くそっ、なんだこの女……！」

「相手にするな！　目的はガキふたりだ！」

会話から、賊の狙いがリカードとルイーゼであると察した。リーリヤもかなりの実力者だが、複数人が相手では分が悪い。それも、子どもを守りながら戦うとなれば難易度は跳ね上がる。

（なんとか隙を作ってふたりを逃がせれば……！）

柱の影に潜んで考えていたとき、

「リカード様！　ルイーゼ様！　ご無事ですか……⁉」

異変を感じた護衛のひとりが、ベアトリーセとは逆方向の階段から駆け上がってきた。賊の意識が一瞬そちらに向いたところで、リーリヤが一撃食らわせる。パッと見る限り賊は五名。一方、こちらは駆けつけてきた護衛一名とリーリヤのみで、明らかな戦力不足だ。

公爵邸を守っている護衛の数を考えると、ほかの場所でも交戦があると見ていい。戦闘中に負傷して動けなくなっている可能性も充分あり、もしそうならば応援は期待できない

（最善は、皆を無事に逃がすこと。最悪は、リカード様たちを連れ去られること）

脳内で優先順位を考えていたとき、主犯格らしい大男がルイーゼを肩に担ぎ上げた。

「ガキのほかに用はない！　適当に切り上げろ！」

その声を契機に、リカードもほかの男に捕まってしまった。リーリヤと護衛が必死に応戦しているが、賊はすでに退却の姿勢を示している。

（このままでは最悪の事態になってしまう！）

唇を噛み締めたベアトリーセは、賊が逃げる前に手を打つべく柱の陰から飛び出した。

「待ちなさい……！」

突如現れたベアトリーセに、賊の意識が一瞬逸れる。そこへすかさずリーリヤが男を攻撃し、リカードを奪還した。

だが、反撃はそこまでだった。

「動くな！　てめえら、妙な真似したらお嬢ちゃんの命はねえぞ！」

ルイーゼを盾にした大男の声で、リーリヤと護衛の動きが止まった。床に這い蹲った三名の賊を見向きもせずに、残った男とともにベアトリーセと対峙する。

大男たちはみすぼらしい形をしていたが、明らかに特別な訓練を積んだ動きだった。幼いころから軍人を見てきたベアトリーセだからこそわかる。男らの動きは、素人のそれではなく、戦闘に長《た》けた人間特有のものだ、と。

（それに……）

「あなたたち、トラウゴット王国の者ではないわね。微妙に訛《なま》りがあるわ」

ベアトリーセの指摘に、大男が目を剥いた。

王国内でも、王都と地方では同じ言葉でも強弱の付け方が異なる。もちろん同じ国内であれば気にならない程度だが、王国外の人間がトラウゴット語を話すのは難しい。

（この訛りは、隣国のグラウ王国の発音だわ）

グラウ王国は、奇しくもヴィルフリードが向かった国境の先にある国だ。

なぜ隣国の人間が公爵邸に押し入ってきたのか。嫌な予感が徐々に増していくが、今はルイーゼの安全の確保が最優先事項だ。

「金銭が目的であれば、言い値で払いましょう。ですから、その子を離しなさい」

ベアトリーセは、心の中の動揺を見せぬよう堂々と振る舞った。こういうときは、以前学んだことが役に立つ。感情を悟られないよう表情を消し、『氷の薔薇』として社交界に出ていた自分を思い起こし賊に言い放つ。

「どうせここで逃げたところで、北方守護軍にすぐに捕まるわ。今なら見逃してあげるから、おとなしく投降なさい」

もちろん方便だが、今は無事にこの場を切り抜けることが先決である。金銭目的の賊ならば、間違いなく受け入れるはずだ。

ところが、大男はベアトリーセの提案を一蹴した。

「残念だが、それは無理な相談だ。俺らは、バルシュミーデ公爵の身内を攫ってこいと命令されてる。金が目当てじゃねえんだよ」

金銭目当てでないとすれば、かなり厄介な事態だ。しかもこの男たちは主犯ではなく、公爵邸の襲撃を企てた人間は別にいる。

「では、何が目的だというのかしら？　グラウ王国の軍人さん」

護衛が駆けつけてくれることを願いつつ、賊をこの場に留まらせようと時間を稼ぐ。

ベアトリーセに軍人だと指摘された大男は、「よくわかったな」と感心し、ゲラゲラと笑い声を上げた。

「屋敷が襲われたと知って、今ごろは慌てふためいているだろうな。直接見られないのは残念だったが、悲願を達成するためだからしかたない。じゃあな、お嬢さん。公爵に伝えとけ。『妹を無事に返してほしければ命令に従え』ってな」

「命令……？」

「『国境に待機しているグラウ王国軍とともに、王都に攻め入ること』――できなければ妹を殺す。身内を大事にする公爵には耐えられないだろ。何せ昔は、こいつらを誘拐しようとしたヤツを鏖《みなごろし》にしたようだしな」

明かされた内容に、ベアトリーセは息を呑む。

（この襲撃は戦端を開き、ウィルフリード様を逆賊に仕立てるのが目的だというの……⁉）

リカードやルイーゼを人質にと考えるのは理解できる。ただ、誘拐未遂事件があったとは、ベアトリーセすら知らない事柄だ。

なぜそれを賊が把握しているのか。ちらりとリカードに目を遣れば、大男の発言を肯定するように頷いた。

つまりは、バルシュミーデ公爵家の内情を語った人間がいることになる。グラウ王国の軍人がバルシュミーデ領内にまで入ってきたのも、おそらく内通者が手引きしたに違いない。すべては、ウィルフリードを陥れるために。

（いったい誰が……でも今は考えている余裕はない）

「あなたの話は理解しました。でも、簡単に承服できる内容ではないわね」

「自分の立場がわかってんのか？　俺らはお願いしてるんじゃねえ。これは命令なんだよ」

「あら……わたくしに命じられるのは、国王様か王妃様だけだと思っていたのだけれど」

ベアトリーセはわざと高慢に見えるよう笑い、声に嘲りを交ぜた。

「でもまあ、あなたたちの計画に協力してあげてもよろしくてよ。要するに、グラウ王国はトラウゴット王国に攻め入るために、バルシュミーデ公爵を利用しようとしているのでしょう？　それなら、人質は公爵の妹よりもわたくしが適任ではないかしら」

「なに？」

「わたくしは公爵の子を身ごもっておりますの。生まれてくる自分の子と妻を人質に取られるほうが、より拘束力は強いのではなくて？」

もちろん身ごもってはいないが、賊にわかるはずもない。ベアトリーセは美しい相貌に笑みを刻み、朗々と語る。

「それにわたくしは南方守護軍の総司令、クラテンシュタイン家の娘でもあるの。娘を人質に取られたなら、お父さまもお兄さまも軍を動かしてくださるわよ？」

人質としての価値は自分が上だと示すと、大男の目の色が変わった。

「……あんた、何を考えてるんだ」

「あなた方にはあずかり知らぬところで、こちらにも王家には思うところがあるということよ。さあ、決断なさい。南方守護軍を動かす機会は、今をおいてほかにないわ」

話を聞く限り、この男たちは王都の襲撃と占領を目論んでいる。ならば、北方守護軍だけではなく、南方守護軍も動かせるほうが目的を果たす確率は高い。大陸にその武勇が謳われる両軍が進軍すれば、王都を守る騎士団だけではとうてい太刀打ちできない。

「……恐ろしい女だな」

大男の顔が引き攣る。ベアトリーセは艶然と微笑んだ。

「わたくし、王太子殿下に『悪女』と呼ばれましたのよ」

「なるほど、たしかにそうかもしれねえな。じゃあ悪女殿、俺たちと一緒に来てもらおうか」

「その前に、その子を解放しなさいな。ああ、それと扇を持って行きたいわ。下々の者に顔をさらしたくないの」

「はっ、貴族ってやつはこれだからいけ好かねえな。……まあいいさ。そのガキに持ってこさせろ。戦闘員のふたりは動くなよ」

大男は、リーリヤと護衛を警戒し、リカードに扇を持ってくるよう要求してきた。ベアトリーセは頷き、「部屋の卓子にあるわ」と、安心させるように微笑む。

持ってきてもらうのは鉄扇だ。武器は多いに越したことはない。そして、少しでも長く時間稼ぎをする意味もあった。だが、護衛どころか使用人すら駆けつけてくる気配はない。やはり、この男たちに制圧され、身動きできないのだろう。

(でも、ふたりが攫われるのは回避できそうね)

大男に担がれているルイーゼは、声こそ出さないが恐怖で全身を震わせていた。早く安心させてあげたいが、それは自分が人質として連れ去られることを意味する。

「ベアトリーセ、さま……っ」

扇を手にしたリカードが戻ってくる。重みがあるせいで扇を持つ手が小刻みに揺れていたが、この状況では賊も扇の秘密には気づかない。

「ありがとう。よく頑張ってくれたわね」

リカードから扇を受け取り労いの言葉をかけたベアトリーセは、大男へ向き直る。

「さあ、その子を離してちょうだい。わたくしは逃げも隠れもしないわ」

「いいだろう。この場にいる全員、俺たちから離れろ。あんたが俺の前まで来たら、このガキは下ろしてやる。くれぐれも……」

「妙な真似はするな、でしょう？　御託はいいから早くなさい」

「チッ、生意気な女だ」

大男の舌打ちは無視し、リーリヤと護衛に目線を送る。

リカードたちの安全確保が最優先、次に、事態の把握と適切な対応が必要になる。

屋敷内の被害がどの程度なのか、野盗の討伐に向かったウィルフリードたちは無事なのか、そして――この事件の背後にいる人間は誰なのか。

特にこの事件を引き起こした輩を迅速に把握しなければ、手遅れになりかねない。だからこそ、大男たちを監視する者が必要だ。

「リーリヤ、後は頼んだわ。わたくしは散歩に出かけるから」

「……かしこまりました」

付き合いの長い侍女にはこれで通じる。ベアトリーセはリーリヤと護衛を下がらせ、自ら大男へ歩み寄った。

「ほら、何をしているの。来てあげたのだから、その子を早く解放しなさい」

「うるせえな、ったく……ほら、これでいいだろ」

ひょいと肩から下ろされたルイーゼは、その場に座り込んでしまう。腰が抜けて立てないのだ。まだ幼い身で、怖い思いをしたのだから無理もない。

「ルイーゼ様、ご立派ですわ。お兄様もお喜びになるでしょう。わたくしは手を貸して差し上げられないけれど、おひとりで大丈夫ですね？」

俯いて震えていたルイーゼが顔を上げた。涙に濡れた瞳で見上げてくる彼女に、「では行ってまいりますね」と笑いかけると、小さく掠れた声が耳に届く。

「お……おねえ、さま……！」

ベアトリーセは思わず目を瞬かせた。

ルイーゼが、『おねえさま』と言ってくれたのは初めてだ。ウィルフリードの妻として認めてくれたのかと思うと、胸がじんと熱くなった。

「行くぞ、公爵夫人。もたもたすんな」

「せっかく気分がよかったというのに、無粋ですこと」

大男に命じられたベアトリーセは、まるで散歩に行くような軽やかな足取りで賊に連れられて屋敷を出た。

＊

時は少し遡り、公爵邸襲撃事件前日。ウィルフリードは、国境近くの森林で野営をしていた。

野盗の出没地域と目撃情報をもとに討伐隊を進めているが、まだ遭遇していない。被害に遭ったという村で話を聞いたところ、主に賊は国境を通過したばかりの商人を襲っているという。

かなり統率の取れた集団で、無闇に人を襲うわけではないようだ。効率的とでも言うべきか、無駄な動きがない。村が襲われたのは大きな商団が滞在中の出来事だった。

(国境に繋がる街道の治安が悪いのは俺の責任だ。しかし、なぜ急に狙い定めたように野盗が増えたんだ?)

これまでにも領内でこの手の犯罪は制圧しているし、今回もそう危険な任務ではない。にもかかわらず、なぜだか嫌な予感が脳裏を掠める。それは、ウィルフリードが今まで培ってきた経験からくる予感なのかもしれなかった。

「ウィルフリード様、どうなさいました?」

報告のため天幕を訪れた副官のニコラウスが、ウィルフリードを見て訝しげに眉をひそめる。

「何か違和感がある」と部下に応じ、懸念を口にした。

「今までの野盗とは違う何かを感じる。まるで、俺たちが来ることをわかっていたみたいに、急に姿を見せなくなっているしな」

「情報が漏れていると?」

「断言はできないが、単なる物盗りではないような気がする。なんらかの目的があって行動し、金品はついでに奪っているような印象だ」

もちろん賊の中には切れ者の統率者がいる場合もあるが、今回は犯罪を主とする集団を相手にしているというよりも、訓練を受けた軍人のそれを思わせる。

言うなれば、陽動というのがしっくりくる。被害は金品のみで負傷者や死人が出ていないのもこれまでの物盗りのやり方ではなく、違和感の一因になっている。

「……姿を見せず、軽微な犯罪を繰り返し、野盗の犯罪を匂わせて俺たちをかり出したとするならば、目的はなんだ？」

「被害が狂言だとお考えなのですか？」

「そうじゃない。だが、どうもこの地におびき出されたような気がしてならない」

これは明確な理由があるわけではなくただの勘だ。だが、ウィルフリードのこの手の予感は、自軍を勝利に導いてきた。わずかな違和感を放置すれば、戦場では命取りになることがある。それは、野盗の討伐でも同様だ。

自身の考えを纏《まと》めようと、しばし黙考する。自然と胸に手をあててしまうのは、そこにベアトリーセからもらった手巾が入っているからだ。

(何事もなく過ごしているだろうか)

彼女の顔を思い浮かべたとき、天幕の外からかすかな物音が耳朶を掠めた。

「――ニコラウス」

「様子を見てまいります」

すぐにニコラウスが動こうとしたとき、部下のひとりが転がるように天幕に飛び込んでくる。

「報告します！　野盗の一味と思われる男を捕縛しました！　閣下には急ぎこの書簡をご覧いただきたく……！」

部下に差し出された封筒を見て瞠目する。部下が手にしていたのは、王族の封蠟が刻印された書簡だったのである。

（なぜ野盗の一味が王族の書簡を持っている……!?）

しかもこれは、王太子ユーリウスの封蠟である。一般的に書簡は商業組合を通じてやり取りされるが、王族の場合は事情が異なる。内容に機密事項が記されていることが多々あるため、トラウゴット王国の王族は城に常駐する騎士に書簡を託している。

（しかし、騎士が野盗に襲われたという話は今のところ耳に入っていない）

「賊をここへ連れてこい。俺が尋問する」

「承知しました」

書簡を持ってきた部下を引き連れ、ニコラウスが外へ出た。ひとり残ったウィルフリードは、食い入るように封蠟を見つめる。

中身を確認したいところだが、大事な証拠品だ。封を開けるなら、国王や王妃、重臣らの前でなければならない。

もしも王族の封蠟を偽造したとすれば、即時犯人を見つけ出し厳罰に処す必要がある。

（……だが、おそらく今回は違う）

ただの野盗が王族の封蠟を知る由もない。偶然手に入れた代物だとしても、わざわざ持っている意味がないのだ。そもそも犯罪に身を落とした輩は文字の読み書きすらできぬ者も多く、ユーリウスの書簡を所持していたことになおさら違和感がある。

「ウィルフリード様、連れてまいりました」

ニコラウスがひとりの賊を連れて戻ってきた。後ろ手に手首を縛り、腰には逃げられないように引き綱が結ばれている。

「座れ」

静かに命じると、賊が素直にその場へ膝をついた。小柄な男だが目つきは鋭い。周囲を窺うように忙しなく眼球を動かし、逃げる機会を図っていた。

「速やかに答えよ。もし偽りを述べた場合、命はないと思え」

宣言したウィルフリードが賊の前に立つ。まじまじと見上げてきた男は、「赤眼の……」と呟き、「ツイてねえな」とぼやいた。

「よりによって、こんな大物に捕まっちまうとはな」

「誰が独り言を許した。貴様が発言できるのは、俺が問いかけたときだけだ」

スッ、と目を細めると、男を見下ろす。明らかに商人や農民の風体ではない。それに、王国語を話してはいるが、微妙に揚音《ようおん》が異なる。つまり、王国の人間ではないのだ。

冷徹なウィルフリードの眼差しに、男の顔が引き攣った。

（なるほど。軍人ではないようだ）

少なくとも、軍に所属して訓練されている人間ならば、不用意に表情には表さない。捕虜となった場合に自国の機密を漏らさないためにも、感情の統制は徹底して教育される。

相手が軍人でなければ、交渉もたやすい。少し痛めつけてやれば簡単に情報を吐く。

『赤眼の戦神』と呼ばれるウィルフリードの拷問が残虐だとは、他国に轟《とどろ》くほど有名な話だ。事実よりも誇張されてはいるのだが、こういった噂は相手を脅すときに役立つ。

つぶさに男の反応を観察しながら、ウィルフリードは抑揚なく問いを発した。

「貴様はグラウ王国の者だな。なぜ我が国の領土へ侵入した」

「……タダでは言えねえな」

「ほう、そうか。ならば、自ら口を開きたくなるようもてなしてやろう」

ニコラウスに視線を遣ると、ひとつ頷き水分を含ませた布を男の口に押し込んだ。「ぐうっ」とくぐもった声を上げるのも構わず、片足の靴を脱がせる。

「さて。何本で目的を吐くかな」

「私は三本に賭けます」

柔和な態度だが、ニコラウスの発言はえげつない。薄く笑みを浮かべたウィルフリードは、壁に立てかけてある短槍を手に取った。

通常よりも柄が短いそれは、長槍とは違い近接戦に用いる武器だが、先端が鋭く削られている。殺傷力はかなり高い代物だ。

「俺は、一本で音を上げるほうに賭けよう」

会話の内容はひどく軽い口調だったが、それだけに相手に恐怖を与える。賊は口を塞がれていたため言葉を発せられず、代わりに呻き声を上げて抵抗している。

恐れと怒りに満ちた敵の眼差しは、これまで散々浴びせられてきた。ウィルフリードは賊の様子を冷ややかに眺めながら、短槍の先端を指で弾《はじ》いた。

「心配せずとも死にはしない。ただ、想像を絶する痛みらしいが」

言葉とともに短槍を振り上げ、その場にしゃがんだ勢いで賊のつま先に先端を突き刺した。親指を貫通した刃先は木床に深く刺さり、獣じみた唸り声を上げた賊がじたばたと暴れている。

ニコラウスが賊を羽交い締めにして固定すると、賊の指ごと木床に刺さった短槍の柄を左右へ動かす。人体、とりわけ手足の指は特に痛みを感じやすい。軍人相手ではもっと苛烈な尋問方法を用いるが、ただの野盗相手ではこれで充分だった。

「どうだ？　話す気になったか？」

賊の顔は、涙と鼻水でぐしゃぐしゃになっていた。先ほどウィルフリードへ向けていた怒りの感情はすでになく、瞳には恐怖が浮かんでいる。

口の中に押し込んでいた布を引き抜くと、荒い息を吐き出して噎《む》せ返った。しばらく賊が苦しむ様を眺めながら、今度は問いではなく命を告げた。

「話せ」

「う……ぐほっ……ぅ、はぁっ……俺は……トラウゴット王国の〝貴族〟とグラウ王国の仲間を、取り次いでいるだけだ……ッ」

（貴族とは……おそらく、ユーリウスのことだろう）

国境の砦を通行しているのは、両国間で認可を受けた商団が中心だ。他国への入国は厳しく取り締まられており、国家間の行き来をするには許可証の申請が必要となる。身分や目的などを詳しく精査されたうえでようやく許可が出るのだ。

（だが、王族ならば、ある程度検閲は免除される）

たとえば、王族の命を受けた商団であれば、荷を検《あらた》められる恐れはない。隣国の賊がトラウゴット王国に侵入しているのは、王族御用達の商団に偽装させてユーリウスが引き入れた可能性が極めて高いといえる。

今の証言と先に押収した書簡の封蠟を鑑みるに、ユーリウスが隣国の軍と通じているのは間違いない。つまりそれは、王太子自らが王家への反逆を目論んだことにほかならない。

「貴様のほかに、我が国に侵入している人数は？」

「お……俺以外に、六人、いた。……あと、もう一台馬車があった、けど……トラウゴットに入ってから別れたんだよ……っ」

「商団に偽装して入ったんだな」

賊が顎を引いたのを見たウィルフリードは、予想が現実だったことに舌打ちする。

(この男のような連絡役と野盗が、国内に侵入しているのか。だが、なんのために……)

状況は把握した。しかし、ユーリウスがグラウ王国の人間を国内に引き入れた理由も、野盗が国境付近で騒ぎを起こす理由も不明だ。

「貴様の雇い主の目的はなんだ」

「くっ、詳しくは、知らねえ……けど、捕まらない程度に適当に騒ぎを起こせ、って……指示をもらってた。少しすれば、グラウ王国軍と北方守護軍が一緒に王都に向けて進軍するから、俺らも合流しろって……」

「なんだと……⁉」

「だっ、だから、砦の向こう側には……グラウ王国軍が控えてるんだよ。それ以外は誓って知らねえ!　本当だ……！」

男の絶叫を聞き、ウィルフリードとニコラウスが顔を見合わせる。

北方守護軍が王都に進軍するなどありえない。そもそも、なぜ隣国の軍と攻め上がることが前提とされているのか。

(つまり、そうせざるを得ない状況を作り上げるつもりか)

立ち上がったウィルフリードは、椅子にかけていた外套を手に取った。

「ニコラウス、おまえはこの男を案内役にして今すぐグラウ王国軍のもとへ行け！『企みはすべて潰《つい》えた』──そう言って撤退するよう警告しろ。今のやつらには、我が国と正攻法で事を構える余裕はない」

「では、ウィルフリード様は……」

「公爵邸に戻る。……俺の予想が正しければ、今ごろ襲撃を受けているはずだ」

「なっ……」

主の言葉を聞いたニコラウスが青ざめた。

国境付近で起きた野盗騒ぎは今のところ大きな被害はない。つまりこれは陽動で、真の目的はウィルフリードや軍を屋敷から遠ざけることにあったのだ。

屋敷に残っている家族や領民の命を盾にされれば、敵の言うことを聞き入れざるを得ない。何よりも大切な者たちを犠牲にしてまで国に忠誠を誓うつもりはなかった。国防を担う家門でありながら不敬だと言われようとも、優先すべきは自分の周囲にいる人々だ。

──だが。

（もし家族に手を出したなら、犯人を地の果てでも追いかけて八つ裂きにしてやる）

ウィルフリードは無意識に拳を握りしめる。以前起きた誘拐未遂事件を思い出したのだ。

先代公爵夫妻――ウィルフリードの父母が亡くなり公爵位を継いでしばらく絶ったころ、弟妹が誘拐されかけた。馬車で出かけたところを狙われたのだ。

犯人は、当時北部に蔓延《はびこ》っていた盗賊団で、金銭目当ての犯行だった。しかし、報せを受けたウィルフリードがすぐに対応したため大事には至らなかった。

だが、犯人を確保しただけでは済まさず、ウィルフリードは犯行に関わった全員を問答無用で斬り捨てたうえ、一族郎党すべてを処刑した。同じ事件を二度と起こらないようにするための抑止として、バルシュミーデ公爵家に仇なす存在は殲滅《せんめつ》すると宣言したのである。

この一件は、一時貴族の間で俎上に載せられたが、国王と王妃が『幼い弟妹と領地の治安をよく守った』と、公の場で褒め称え、ウィルフリードがめったに社交場に現れないこともあり、今は人々の記憶から薄れている。

(思えば、あれからユーリウスは俺への敵意を隠さなくなったのだったな)

国王夫妻からの称賛を受けたことで、ウィルフリードを次期国王にと支持する声が上がった。バルシュミーデ公爵家の派閥に賊する家門は、『赤眼』を持つ者を王に推す者も根強く、王太子はかなり立腹したと聞く。

(俺が気に食わないのなら、直接挑んでくればいいものを)

苦々しく思いながら出立の準備を済ませると、ウィルフリードは部下へ告げた。

「頼んだぞ、ニコラウス。それと、手練れを数名連れて行く」

「かしこまりました。こちらのことはお任せください」

短く会話を交わすと、ウィルフリードは即座に行動したのだった。

＊

弟妹の代わりに賊の人質となったベアトリーセは、公爵家の馬車に揺られていた。

「あんたみたいな貴族は見たことがねえな」

同乗している大男に呆れたように言われ、優雅に小首を傾げる。

「今の言い方だと、ずいぶん貴族に詳しいように聞こえるわね。そんなに多くの貴族と接しているのかしら?」

疑問を投げてやると、大男は「うっ」と声を詰まらせた。「ただの印象だ」とバツが悪そうな反応を見るに、さほど凶悪な人間ではないようだ。

実際、ここまで乱暴な扱いは受けておらず、むしろ歓迎すらされていた。最初に、『王家に対し含みがある』と伝えたことで、計画の邪魔にならないと判断したのだろう。

(わたしの要望もしっかり叶えているものね)

大男はもうひとりの男と、自分たちの馬で移動しようとしていた。しかしベアトリーセは、『お腹の子どもに何かあっては困る。馬ではなく公爵家の馬車を使いなさい』と、馬車での移動を提案した。

これには、少しでも移動時間を稼ごうという意図がある。そして大男たちも、『公爵家の紋章付きの馬車であればベアトリーセを連行しても目立たないだろう』との思惑が働いた。双方の利害が一致し、馬車を利用することになったのだ。

馬車にはベアトリーセと大男が、もうひとりは御者として馬を操っている。ちなみに公爵邸に押し入ったほかの賊は、屋敷に置いてきていた。目的を果たせばもう用済みというわけだ。

「今ごろ公爵邸では、あなたたちの仲間を取り調べていると思うけれど、放っておいてよかったの？　きっとただでは済まないわよ」

「問題ねえよ。どうせすべてが明らかになるころには手遅れだ。それに人質としてあんたがいるんだからな。迂闊な真似はできねえだろ」

捨て置いた仲間は、端から切り捨てるために雇った傭兵といったところだろう。目的を知らされていないから、いくら取り調べようと計画が漏洩《ろうえい》する心配は無用というわけだ。

「ふふっ……それなら、なおさら丁重に扱ってもらわなければいけないわね」

他人事のように言いながら、扇を広げて口元を覆う。

「それで、これからどこへ向かうのかしら。不衛生な場所に閉じ込められたり、不自由な生活を送るのは困るのだけれど」

「……あんた、自分が人質だって理解してるのか？」

「人質ってどういう行動を取るものかしら。初めてだからわからないわ」

「少なくとも貴族の令嬢は、あんたみたいに肝《きも》は据わってないだろうな。普通は泣き叫ぶか気を失うかするだろうに」

「わたくしは、巷《ちまた》で『悪役令嬢』などと噂されるくらいの悪女ですもの。普通の令嬢と同列に扱わないでほしいわ」

　高慢に答えたベアトリーセは、内心で苦笑する。

　王太子から『悪女』などと不名誉な評価をされたときは、これまでの努力を否定されたようで虚しかった。けれど今は、なんと言われようと構わないと思っている。大切な人たちを守るためなら、いくらでも悪役になれるし悪女の誹《そし》りを受けても傷つかない。

（ウィルフリード様のもとへ嫁いで、心が自由になれたのだわ）

　彼と睦み合い、ともに過ごす時間は、ベアトリーセの心身を癒やしていた。だからいっそう強く思う。ウィルフリードや周囲の人々を、絶対に守りたいと。

「まだ質問に答えてもらっていないわ。どこへ向かっているのかしら」

　決意を胸に、ベアトリーセは再度大男に問うた。

　このまま無為に時間を過ごすつもりはない。ウィルフリードが王都に進軍する前に、この計画を止める必要がある。それには情報が必要だ。北方守護軍の誇る『赤眼の戦神』を逆賊の徒にするわけにいかないのだ。

会話を続けようと試みると、大男はあっさりと答えた。

「王都だよ。バルシュミーデ公爵が俺らの命令通りに動いたら、軍を率いて王都まで来るはずだ。旦那とはそこで会えるだろ」

「王都……」

予想よりも遥かに長距離を移動する計画のようだ。しかし、人目を忍んだとしても完璧に痕跡を消せるわけではない。王都に着く前に公爵家から出動した軍に捕縛されるか、連絡を受けた他領の私兵に捕まる可能性が高い。

「……公爵家は、今ごろ王都や他領へ誘拐の事実を周知しているはずよ。それに王国の中心地となれば、騎士団や警吏の警戒が特に厳しいわ。検問も敷かれるかもしれないし、移動は難しいのではなくて？」

「その辺りを全部解決できるから、俺らは行動してるんだよ。王都に着く前に、あんたには南方守護軍の父親に手紙を書いてもらう。これで、王都を南北から挟み打ちできるな。トラウゴット王国もおしまいってわけだ」

大男は、絶対に捕まらないと確信していた。ここまで自信があるのは、彼らではなく協力者の力が大きいのかもしれない。

（でも、王都に着くまでにまだ時間はある。何か手はあるはずよ）

ベアトリーセは鉄扇を閉じ、しばし黙考する。

公爵邸を出てから、すでに数時間は経つ。帷帳《いちょう》がかかっているため馬車が今どこを走っているのか把握できないが、夜間はそう遠くまで移動はできない。その間に、リーリヤや公爵邸の皆がベアトリーセの救出に向けて動いてくれるだろう。

（幸いわたしは敵だと認識されていない。なるべく多く情報を引き出さないと）

リカードとルイーゼの安全が確保された今、次にすべきは王都への進軍阻止だ。それにはまず、ベアトリーセ自身が大男たちから逃げなければならない。

屋敷の襲撃を含め大男からの伝言は、少なくとも今日中にウィルフリードに伝わるはずだ。報告を聞いた彼が心配するだろうことは想像に難くない。せめて自分の無事だけでも知らせたいが、さすがにそれは無理な話だ。

（……ウィルフリード様がお心を痛めなければいいけれど）

優しい人だから、ベアトリーセが拉致されたと聞けば責任を感じるかもしれない。そう思うと胸が痛むが、それでも――彼は敵に屈することはないと信じている。事態を打開するために、最善を尽くしているはずだ。

（必ず無事にウィルフリード様のもとへ戻ってみせる）

ベアトリーセは固い決意を胸に、好機が巡るまで時を待とうと瞼を下ろした。

夜間に馬車を走らせた大男らは、夜が明けてしばらくすると休息に入った。

もちろん一般の宿泊所など使えるはずもなく、簡素な造りの木造小屋に軟禁されている。ただ、幸運というべきか身体を拘束されていない。小屋から出られないことを除けば、比較的自由に過ごせていた。

窓はないから外の様子は知ることができないが、室外からは複数人の話し声が聞こえてくる。ここからひとりで脱出するのは難しい。かといって、このまま何もせず王都まで連れて行かれるつもりはない。

これまでに大男と交わした会話で、この事件の首謀者ではないが事件の中枢に近い場所にいるようだとわかった。身柄を確保すれば、背後にいる人間を把握できるはずだ。

小屋に到着するまでの間、何度かあった休憩の時間で、ベアトリーセはこっそりと石礫を置いてきた。何もしないよりはマシというだけの手がかりしか残せていないが、それでもわずかな希望に賭けていた。

親指の爪ほどの大きさの石礫は、クラテンシュタイン領特有のもので、特別な加工が施されている。知っている人間が見れば一目でわかる代物だ。北方守護軍やリーリヤが追跡してくれることを願っての行動だが、昨日の今日だ。発見される可能性はそう高くない。

持っている武器は、鉄扇と短剣のみ。だが、軍人相手では太刀打ちできない。そうなると、少しでも時間稼ぎをしてこの場に留まる必要がある。

（さて、どうすればいいかしら……）

ベアトリーセは木椅子に座り、紙と羽根ペンを前に頭を悩ませていた。

これはクラテンシュタイン領にいる父へ出兵を求める手紙を書くために、大男が用意してくれた道具だ。

この機会を利用すれば助けを求められるかもしれないが、手紙が届くまでには時間を要する。移動距離を考えると、かなり日数がかかるだろう。

今のところ身の危険はないものの、いつ状況が変わるか知れない。早めに対応策を考えたほうがいいとは理解しているけれど、妙案が思い浮かばなかった。

「体調不良を装ってみるか、それとも何か別の方法がいいのかしら……」

ひとりでいると、独白が多くなってしまう。こんなときはつい、ウィルフリードや、バルシュミーデ家のことが脳裏を過る。

リカードやルイーゼは泣いていないか、ウィルフリードは怪我などしていないか。確かめる術がないのがもどかしい。

「おい、ちょっといいか。話がある」

ベアトリーセが思案していたときである。小屋の扉が開き、大男が入ってきた。

「雨で河川が増水して、王都まで向かう船が出航できなくなった。運航が再開するまでは、ここで身を隠すことになる」

「まあ……それは不運でしたわね」

同情めいたことを言いつつも、ベアトリーセは思わず快哉を叫びたくなった。期せずして、時を稼げることになったからだ。この場で足止めされたのは、大男たちにとって予想外だったに違いない。慣れない土地で移動する弊害ともいえる。

「それと、あんたに客人だ」

「……わたくしに？　グラウ王国の方に知り合いはいないのだけれど」

あえてゆったりとした口調で告げ、優雅に扇を広げて見せる。しかし言動に反し緊張感が高まった。

人質に会いに来られるのは、ごく限られた人間だ。今回の事件の中枢に位置し、グラウ王国の軍人を使ってバルシュミーデ公爵家を襲撃した首謀者、もしくは、それに近い人物だ。

「もうすぐ着くはずだ。……ああ、来たな。うるせえからすぐわかる」

大男が扉を開けた。その途端に、聞き慣れた声が耳に飛び込んでくる。

「まったく、小汚いわね！　本当はこんなところ来たくなかったのに」

ぶつくさと文句を言いながら、頭巾を被った女性が現れた。しかしベアトリーセに目を留めると、すぐに愉快そうに哄笑する。

「あははは っ！　天下のクラテンシュタイン・ベアトリーセも形無しね！」

近づいてきた女性が頭巾を取った瞬間、思わず凝視する。

いたのである。

「アイゲン嬢……」

ミーネ・アイゲン。王太子ユーリウスの思い人の女性が、なぜかグラウ王国の軍人を従えていたのである。

「久しぶりね、ベアトリーセ様。まさかあなたが連れてこられるとは思わなかったわ」

ミーネと会うのは婚約破棄されたパーティ以来だったが、明らかにそれまでの態度とは違っていた。ユーリウスにしなだれかかる姿しか印象になかった彼女は、今は堂々とベアトリーセに対峙している。

「このような場所でお会いするとは思いませんでしたわ。お元気そうで何よりです」

夜着に外套を羽織っただけの格好は、とても公爵夫人が人前に出る姿ではない。だが、ベアトリーセは優美な笑みを浮かべ立ち上がると、裾を摘まんで挨拶をする。高位貴族のみしか出せない品格がそこにはあった。

「わたし、あなたのそういうところ、すごーく嫌い」

「まあ、そうでしたの？　わたくしは、あなたに対する好悪はありませんけれど」

実際、貴族としての振る舞いにかなり問題のあったミーネだが、好悪の感情を抱くほど彼女を知らないのである。

「それで、どうしてアイゲン嬢がこちらにいらっしゃるのかしら？」

「そんなこと決まってるじゃない。バルシュミーデ公爵の弟たちじゃなく、あなたを拉致してきたって聞いたからよ」

胸を張って答えたミーネに、ベアトリーセは眉をひそめた。

彼女がこの場にいるということは、グラウ王国と手を組んでいるからにほかならない。つまりミーネは、祖国を売り渡したうえに王室を滅ぼそうとしているのである。

「……あなたは自分が何をしているのかわかっているの？　殿下のお心を射止めたのだから、末は王太子妃でしょう。それなのに……」

「本気で言ってるの？　それ」

怒りで顔を真っ赤にしたミーネが、卓の上においてある水差しを手に持った。次の瞬間、ベアトリーセ目がけて、思いきり中の水を浴びせかける。

「っ……！」

髪も外套もびしょ濡れになり、ぽたぽたと滴が床に落ちる。まさかの暴挙に声もなくミーネを見据えると、怒りに昂ぶった声で詰め寄ってきた。

「あんたのせいで、わたしが王太子妃として認めてもらえないんじゃない！　いつもいつも、『ベアトリーセ様はこんなこと簡単にできる』って比べられて！　国王も王妃も、いくら頑張ったって認めてくれないわ！　全部、あんたがいるからよ……っ」

ミーネはベアトリーセと比べられるのが許せないようだが、とんだ逆恨みである。

いずれ妃になるべく何年も学んできた人間と、礼儀作法すらままならない人間とを比べれば、しつけている。

評価が違って当然だ。それなのにミーネは、己の力不足に目を瞑り、ベアトリーセに責任を押

「殿下を愛していらっしゃるのではないの？　だったら努力するのが筋でしょう。王太子殿下の婚約者、ひいては妃となる者は、貴族の子女すべての手本であるべきなのだから」

「ふん、冗談じゃないわ。国の頂点に立つ存在が、なぜ努力しなければいけないのよ？　そういう面倒なことをするために、家臣がいるんじゃない」

彼女とは考えが相容れないが、ここで論じても詮無いことだ。ベアトリーセはため息をつくと、ミーネを揺さぶることにした。怒りで冷静さを失わせ、情報を引き出すためだ。

「あなたがそういう心積もりだから、陛下たちも認めてくださらないのでしょうね。同情するわ、アイゲン嬢」

ふ、と挑発するように笑ってみせると、ミーネが反射的に手を振り上げた。バシッ、と乾いた音とともに、頬に衝撃が広がる。

「自分の立場をわきまえなさいよね……ッ！　あんたなんか、わたしがその気になったらすぐに始末できるんだから‼」

「まあ、怖いこと。わたくし、あなたを過小評価していたわ。あなたのように殿下に庇護されているだけの方が、公爵家の人間の誘拐を企てるなんて思いませんでしたもの。ふふっ、たいしたものだわ。皆様を巧妙に騙していらしたのね」

褒めているようだが、完全な嫌みである。社交の場では迂遠な物言いをすることもあるが、ミーネにはわかりやすい言葉のほうが効くはずだ。

「殿下には『悪女』だと罵倒されましたけれど、あなたのほうが悪女のようね。まさか、国家転覆まで目論むような方だとは……殿下はご存じなの？」

「当然でしょ。ユーリウス様は、わたしと幸せに暮らせればいいって言ってくれたもの！　この計画が上手くいけば、邪魔な人たちは全部排除できるって。あんたは最後に、むごたらしく始末してあげるから覚悟しなさい！」

「囀《さえず》るのはおやめなさい。見苦しくてよ。あなたごときが、わたくしを害することができるはずないでしょう」

「っ、何様のつもりよ！」

ふたたびベアトリーセは頬を打たれた。その拍子に口の中が切れ、独特の味が口内に広がる。しかし、痛みよりも今の会話のほうが重要だ。

この計画は、ユーリウスが一枚噛んでいるのだ。どのような約束が交わされているのか定かではないが、グラウ王国に利用されている可能性が極めて高い。

（王都が戦禍を被ることだけは避けなければ……）

王太子の関わりを知り危機感を募らせたベアトリーセに、ミーネは薄ら笑いを浮かべた。

「ふふっ、いいこと思いついたわ！　ちょっと傷つけるくらいならいいわよね？」

甘えるように尋ねられた大男は、躊躇して首を振る。

「大事な人質だぞ。やめておけ」

「うるさいわねっ。ほら、そのナイフ貸してちょうだい！」

大男が呆れたように肩を竦め、「しかたねえな」と、持っていたナイフをミーネに手渡す。

彼女は満足げにナイフを掲げると、勝ち誇ったようにベアトリーセを見つめた。

「その綺麗な顔を刻んであげる。そうすれば、誰もあんたに見向きもしないわ」

たとえ顔に傷があろうと、ウィルフリードは今までと変わらずに愛してくれる。彼の愛は、見かけの美醜でどうこうなるような浅いものではない。

やはり彼女とはどこまでも相容れないのだ。ならば今、ベアトリーセのとるべき手段は対話ではなく行動だ。

「それで気が済むのなら、好きにするといいわ。わたくしは逃げも隠れもしなくてよ。その代わり、よく考えなさい。他国の軍を王都へ招き入れ、民を危険に晒すような人間はけっして支持されることはないのだと」

挑発するように言うと、「黙りなさい！」と激高したミーネがナイフを振り上げる。ベアトリーセは素早く扇を翻し、ミーネの手首をはたいた。

「きゃあっ！」

彼女が怯んだ隙に背後に回り、呼吸がしづらいよう首元に鉄扇を押し当てる。

一連の動きを見ていた大男は、感心したように口笛を鳴らした。

「やっぱり普通の貴族じゃねえな、あんた。それでどうするつもりだ？」

「……わたくしを解放するつもりはある？」

「ない」

はっきり言い放つと、大男の目がミーネに向く。

「そのお嬢さんはいずれ排除する予定だった。ここで死んだところで誰も困らねえよ。あんたに逃げられたら北と南の公爵家を動かせねえし、いてもらわないと困るけどな」

ミーネの身体が震えたのが伝わってくる。味方だと思っていた男に切り捨てられて、困惑しているのだろう。

「お嬢さん……ミーネとか言ったか？　そういうわけだから、もう俺たちに命令できると思うなよ。王都までおとなしくしてたら、命だけは助けてやるよ」

大男が威圧するように言い含めると、まだ現実を受け止められないミーネが「違う、そんなはずは……何かの間違いよ」などと口の中で呟いている。ベアトリーセはすっかり気勢が削がれた彼女を解放し、大男に鉄扇を差し向けた。

「グラウ王国は、殿下を利用してトラウゴット王国の侵略を目論んでいたのね」

「ああ、そうさ。言っておくが、話を持ちかけてきたのは王太子だからな。俺たちの主はそれに乗っかっただけに過ぎない。恨むなら無能な王太子を恨むんだな」

余裕たっぷりに言いながら、大男が近づいてくる。絶体絶命の状況に肌がひりつくのを感じながら、ベアトリーセが身構えたときである。

小屋の外から、「ぐぅっ！」と、奇妙な呻き声が聞こえてきた。

「なんだ？」

怪訝な顔をした大男が、扉に近づこうとする。だが、その前に扉は蹴破られた。木片が飛び散る小屋の中に、黒い外套を閃かせ飛び込んできたのは。

「ウィルフリード様……！」

国境付近まで野盗の討伐に向かっていた、ウィルフリードその人である。

「どうしてここに公爵が……⁉」

大男はすぐに腰に下げていた長剣を鞘から取り出す。しかしウィルフリードは、目にも止まらぬ速さでその腕を斬りつけた。

「ぐあっ！」

大男が床に膝をつくと、異変に気づいた仲間らが小屋の中へなだれ込んでくる。しかしウィルフリードはものともせずに、そのすべてを一撃で屠った。その姿は『赤眼の戦神』の異名に違わぬ強さで、敵が次々と床に沈んでいく。

刃向かってきた大男の仲間がすべて戦闘不能に陥ったところで、彼がゆるりとベアトリーセを振り返った。

「ベアトリーセ……無事、だったか……」

「ウィルフリード様……！」

彼に駆け寄ると、思いきり抱きしめられる。ベアトリーセの肩に顔を埋めたウィルフリードの身体はかすかに震え、つい先刻までの勇姿は見る影もない。

「……あなたが攫われたと知り、生きた心地がしなかった」

大きく息を吐き出して告げられた台詞は、ベアトリーセを心から案じていたことが窺える。

「心配をかけて申し訳ありません。ご無事で、よかった……」

ウィルフリードの背に腕を回すと、互いのぬくもりを確認するように抱きしめ合った。


その後。ベアトリーセは、時を置かずに彼と一緒に屋敷へ帰ることになった。屋敷に残っているリカードとルイーゼ、それに使用人たちがたいそう心配していると聞いたからだ。

北方守護軍、および、バルシュミーデ家の私兵らの働きにより、公爵邸を襲撃した賊はすべて捕らえられている。また、国境に控えていたグラウ王国軍については、現場に残ったニコラウスが対応しているという。

「国境付近で捕まえた賊が、付近で潜んでいたグラウ王国軍へ書簡を届ける途中だった。だが、計画が露見したと知ればそうそうに引き上げるはずだ」

屋敷へ戻る道中の馬車内で、ウィルフリードはこれまでの経緯を説明してくれた。

「彼の国は今、正面から我が国へ戦を仕掛ける力はない。だからこそ、搦め手で攻めようとしたのだろう」

「戦にはならないと聞いて安心しました。屋敷の護衛たちは無事でしょうか？」

「心配ない。怪我をした者はいるが、いずれも命に別状はなかった」

彼の言葉にホッとする。

グラウ王国の軍人は、先ほど捕縛した大男と御者をしていた男のみだった。公爵邸の襲撃者を含め、そのほとんどが金で雇われた傭兵だという。ところが数が多かったため、屋敷にいた護衛らの対応が後手に回ったようだ。

「被害は最小限に抑えられた。あとは、陛下の判断を仰いでからの話になる」

「そうですね……」

本来であれば王国法により、各領地で行なわれた犯罪は領主の権限で裁くことになっている。しかし、ミーネは王太子と関係が深いことから、王家の預かりにすべきと判断が下された。彼女と公爵邸の襲撃者らは王都へ身柄を送られ、処遇は後日沙汰があるようだ。

隣国の軍人とも通じていることから、王太子であっても処罰は免れないとはウィルフリードの言だ。いずれにせよ、『その罪にふさわしい場で決着をつける』と断言した彼の表情は険しく、相応の罰が与えられることになる。

「無事で本当によかった。あなたに何かあれば、俺は正気でいられなかっただろう。どうか、もう二度と無茶をしないでくれ」

「……ご心配をおかけして申し訳ありません。ですが、このような事件が起きたならば、わたくしは公爵家の女主人としてリカード様やルイーゼ様、使用人たちを守ります。たとえ、自分の身を盾にしてでもです」

両親を喪ってから、弟妹と公爵家、そして国境を守護してきたウィルフリード。その身を削って戦ってきた彼に、これ以上家族を失わせるわけにいかない。

「もちろん、自分の身を軽んじているわけではありません。今回は、わたくしの立場なら簡単に命は奪われないだろうと考えておりましたので」

「あなたはそういう人だったな。……だが、俺にとってはベアトリーセも守るべき大切な存在だ。もしもその身に傷ひとつでもつけられたのなら、俺は相手をもっとも残酷な方法で殺すことになる」

それは、ベアトリーセを諌めるためでも、自身の思いを誇張しているわけでもない。ただ、事実を語っているだけだという口調だ。

『赤眼の戦神』の異名を持つ彼ならば、その言葉に違わず賊を掃討する。敵からは無慈悲だと恐れられるその行動は、大切な者を守るため。私利私欲はそこになく、己の力を他者のためだけに振るっている。

「あなたは、俺の人生になくてはならない存在だ。だから約束してくれ。けっして無茶はせず、自分の身を第一に守ると」

「……はい。ありがとうございます」

彼の深い愛情を感じ、胸がいっぱいになる。

これまでベアトリーセは、誰かに頼ることを許されなかった。公爵家の令嬢で王太子の婚約者という立場では、それもしかたのないことだと諦めていた。

けれどウィルフリードは、助けを求めても構わないのだと教え諭してくれる。大きな愛で包み込み寄り添ってくれる彼の存在が、どれほど心強く安堵できるかしれない。

「ベアトリーセ。ここへ来てくれ」

「えっ……」

「あなたが戻ってきたのだと実感したいんだ」

彼は軽々とベアトリーセを自身の太ももに座らせた。背中から抱きしめられる体勢になり、にわかに鼓動が速くなる。

宝物を扱うように優しく髪を撫でながら、ウィルフリードが吐息を漏らす。

「あなたの姿を見るまでは、生きた心地がしなかった。あの場に辿り着けたのは、いろいろ策を講じてくれたおかげだ」

噛み締めるように言いながら、彼はベアトリーセを発見したいきさつを教えてくれた。

国境付近で捕縛した野盗が、王太子の封蝋がされた書簡を持っていた。そこで問いただした結果、誘拐事件の企てを察したウィルフリードは急ぎ屋敷へ戻った。

大隊での移動は時間がかかるため、彼は最低限の人数で休みなく道を駆けた。だが、着いたときはすでに賊に襲撃された後だった。しかも置いて行かれた襲撃犯らは下っ端で、計画の詳細は聞かされていなかった。

しかし幸運なことに、『王都へ向かうらしい』との証言を得た。そのときは半信半疑だったが、ベアトリーセが道中こっそり置いていた石礫が見つかり、賊の話に信憑性が生まれたことで、捜索の範囲を限定できたのである。

「公爵家の馬車を使ってくれたのも助かった。目撃情報を辿れば王都へ向かっていたし、あなたが残していた石礫も目印になっていた。ひとつひとつを見れば些細なことだが、最善を尽くしてくれたから俺は間に合ったんだ」

（まさか、そんなふうに言っていただけるなんて……）

実際、ベアトリーセが無事なのは、ウィルフリードが情報を正しく読み取って迅速に行動してくれたからだ。自分のしたことは本当に小さなことだし、大男と御者役のふたりが『女ひとりでは大したことはできまい』と侮っていたからにほかならない。

公爵邸の襲撃が成功したことで敵の心に余裕ができたからこそ、ベアトリーセの提案も受け入れられたのだ。

「……わたくしは、最後には自分がすべての責を負えばいいと……それで大切な人たちが救えるのなら本望だと考えていたのです。でもそれは、ウィルフリード様や周囲の方々を悲しませる結果にしないことが前提でなければいけませんでした」

命を捨てるつもりはなくても、心のどこかでは己の身を犠牲にしても構わないと思っていた。だが、ベアトリーセが傷つくことで悲しむ人々の存在を忘れてはならない。何よりも、愛する彼に苦しみを与えてはいけないと強く思う。

己の行動を省みていると、彼はふっと笑みを零す。

「あなたの優しさは理解しているし尊いと思う。だから俺は、あなたがあなたらしく生きていけるように持てる力のすべてで守り通すと誓う」

ウィルフリードは、ベアトリーセの在り方を否定しなかった。常に心を掬い上げてくれる彼の想いに胸が熱くなる。

「そろそろ休んだほうがいい。屋敷に着くまで、こうして抱いている」

「……はい」

（わたしは、本当に幸せな結婚をしたのだわ）

ウィルフリードの腕の中で痛切に感じながら、ベアトリーセは目を閉じた。

疲労していたのか、ベアトリーセは彼の膝の上で眠ってしまった。

目覚めたときに移動しようとしたのだが、『このほうが俺の心が安まる』と言われれば抗う術はない。逃すまいとするかのように抱き込まれ、道中はずっと彼の腕の中で過ごしている。

ゆっくりと馬車を進めたため、領内に入ったのは拉致されてから三日後となった。

途中で受けた報告によれば、ベアトリーセの無事を聞いた幼い弟妹は人目もはばからず泣き出し、リーリヤもまた涙ぐんでいたという。

「早く安心させてあげないといけませんね」

「そうだな。それと、クラテンシュタイン家の両親や兄上にも、近々会う機会を作ったほうがいい。彼らも気を揉んでいただろうからな」

襲撃事件については、ベアトリーセの実家にも報告が行っている。ウィルフリードが急ぎ書簡を送ってくれたのだ。あとから人づてに話を聞くよりもいいだろうとの判断で、家族にまで気を回してくれる気遣いがありがたかった。

「父や兄が事件を知れば、南部からこちらまで駆けつけてきそうです。母が止めているのが目に浮かびますわ」

「おそらくそうだろうと考えていた。……近いうちに、俺たちは王都へ呼ばれるはずだ。そのときにでもゆっくり話すといいだろう」

何気なく語ったウィルフリードだが、王都へ召喚される理由はわかっている。

公爵家襲撃事件、および、国家転覆を目論んだ罪人を裁くためだ。

王太子のユーリウスが隣国と通じ、挙げ句に王都に攻め込もうと計画していたのは、犯人の発言からも間違いなく、ウィルフリードも証拠を押さえている。ミーネを含む首謀者は言い逃れようもなく断罪されることになる。

「ああ、やっと着いたな」

彼の声で窓の外へ目を向けると、公爵邸の門が見えてきたところだった。たった三日間留守にしていただけなのに、もうずいぶん長く離れていた気がする。

「お屋敷を見ると、なんだか安心しますね」

「それは、ここがあなたの帰ってくる場所になったからだ。俺も遠征で屋敷を空けて戻ってくるときは、今のベアトリーセと同じ感覚になる」

ウィルフリードの言葉を、心の内側で噛み締める。

今までは、父母や兄、幼いころから慣れ親しんだ人々がいるクラテンシュタイン領が帰る場所であり、心のよりどころだった。けれど、ウィルフリードと結婚した今、ベアトリーセの帰る場所は彼の腕の中であり、バルシュミーデ公爵家になったのだ。

改めて自覚していると、馬車が屋敷の玄関前で止まった。事前に知らせを受け取ったのか、外にはリカードとルイーゼ、リーリヤの姿もある。ほかにも使用人や護衛たちが並んで立っており、ベアトリーセは目を瞬かせた。

「皆様、勢ぞろいされていますね」

「あなたの帰還を、それだけ待ちわびていたんだ」

馬車の扉が開くと、ウィルフリードが先に降り立つ。後に続こうとしたが、彼はベアトリーセを抱き上げた。

「ウィルフリード様……!?」

「本当はこのまま部屋に連れて行きたいが、さすがに皆から恨まれそうだ」

彼はそう言うと、リカードたちが立っている場所まで連れてきてくれた。地面に下ろされたベアトリーセは、彼らと視線を合わせるためにその場にしゃがむ。

「リカード様、ルイーゼ様。ただいま戻りました」

「お……おねえ、さま……」

「僕たち……ずっと、ずっと、怖くて……ベアトリーセ、さまが……お、おねえさまが帰ってこなかったら、どうしようってずっと……!」

ふたりはベアトリーセの顔を見て安心したのか嗚咽を漏らしている。ぼろぼろと涙を流す幼い弟妹の姿は、心から案じてくれている〝家族〟そのものだった。

ふたりを抱き寄せ、その背をトントンとたたきながら、目頭が熱くなるのを感じる。

「心配してくれてありがとう。ウィルフリード様が助けてくださったから、わたくしは無事よ。だからもう泣かないで。それよりも、おねえさまと呼んでくれたことが嬉しいわ」

ベアトリーセの無事を確認した安堵からだ。

「うわああん……っ」

声をかけると、ふたりは堰を切ったように泣き出した。しかしそれは哀しみからではなく、
リカードたちの背を撫でていると、傍らにリーリヤが立った。彼女にも心配をかけていたに違いなく、申し訳なさから苦笑を浮かべる。

「ただいま、リーリヤ」

「ずいぶんと危険の伴う〝散歩〟でしたが、無事にお戻りになって本当によかったです」

「あなたが、散歩の意味を汲み取ってくれたからよ。ありがとう」

王太子の婚約者となったころ、軍を辞して侍女になってくれた彼女は、まずベアトリーセに石礫の使い方を教えてくれた。『何か不測の事態に陥った場合は、この石を目印に置いてください』と。〝散歩〟はふたりの隠語で、『石礫を追ってこい』の意である。

「話はそれくらいにして、屋敷に入るぞ。ベアトリーセも疲れている」

ウィルフリードの声で、周囲がバタバタと動き出す。だが、弟妹のふたりだけは、なぜか離れようとせずベアトリーセの袖をぎゅっと握って離さない。

「俺よりも懐かれたようだな」

どこか嬉しそうに彼が笑う。ベアトリーセは微笑むと、くすぐったく感じつつ頷いた。

第六章　断罪の場

公爵邸襲撃事件からひと月余り経ったころ、ベアトリーセはウィルフリードとともに王都へ向かい、国王の命のもと登城した。すべての元凶を明らかにし、トラウゴット王国に弓引く存在を断罪するためである。

(王城に来るのはずいぶんと久しぶりの気がするわ)

かつては王太子の婚約者として王城の一角に執務室を賜っていたが、今ではもう遠い昔のことのように感じる。ベアトリーセの居場所はすでにこの場ではなく、ウィルフリードの隣であり、リカードやルイーゼの待つバルシュミーデ領なのだ。

「……平気か?」

ウィルフリードに問われたベアトリーセは、笑顔で「はい」と答えた。

以前、王城で謂れなき中傷を浴びせかけられ、婚約破棄に至ったベアトリーセの心情を慮っての言葉だ。その気持ちだけで、心が穏やかに凪いでいく。

(やはり、ウィルフリード様はお優しいわ)

「今は苦い記憶よりも、これからお会いする方々への緊張のほうが大きいですわ。それに、陛下の心労を考えると胸が痛みます」

現在向かっているのは、国王と王妃の私室である。めったに足を踏み入れられる場所ではない場に招かれたのは、それだけ重要な話題が出る証でもある。

「国王と王妃はすでにいらっしゃっています」

先導してくれた侍従の説明に頷いたと同時に、重厚感のある扉が開かれた。中に足を踏み入れると、疲労の色が濃い国王夫妻が長椅子に座っている。

「国王、王妃、両陛下にご挨拶申し上げます」

ウィルフリードが恭しく胸に手をあててまず口を開き、次にベアトリーセが膝を折る。ふたりを前にした国王と王妃は、「挨拶はいい」と、椅子を勧めてきた。

言われるままに彼とともに腰を下ろすと、国王が苦渋を滲ませた表情を浮かべた。

「まずは、ベアトリーセ嬢……いや、今はバルシュミーデ公爵夫人か。ユーリウスの件を謝罪させてほしい」

「あの子が公の場であなたを貶め、婚約破棄を宣言したのはわたくしたちが甘やかしたからよ。申し訳なく思っているわ」

国王と王妃が膝の上に両手をつき、頭を下げる。非公式の場とはいえ、一国の王が臣下に対する態度ではなく、ベアトリーセは狼狽した。

「陛下、お顔を上げてくださいませ。わたくしが至らない部分も多く、婚約破棄となってしまいましたが……今思えば、王太子妃というお役目は荷が勝ちすぎていたのです」

『氷の薔薇』とあだ名されるほどに気を張り詰めていなければ、社交界で戦えなかった。王太子の婚約者という役目にふさわしい自分になるのに精いっぱいで、ユーリウスとの交流は必要最低限だった。

「殿下のお心を留めておけなかったのは、わたくしの責です。お役目をまっとうすることだけを考え、心を通わせる努力をしてこなかったのですから」

貴族の婚姻は愛情よりも役割が重要だと考えていた。与えられた立場に見合う働きをすることこそ、己に求められていると思った。

しかし、ウィルフリードから求婚され、結婚し、愛を注がれる喜びを知った。

「婚約を破棄されてから、わたくしは幸せだったのです。ですから、どうかお心を痛めないでくださいませ」

「……そうか」

複雑な感情を含んだひと言を国王が発し、王妃は「よかったわ」と寂しげに微笑む。

「わたくしたちは、あなたが優秀だからと頼りすぎていた。ユーリウスをしっかり教育できなかったことを恥じているわ」

王妃の悔恨に国王も同意し、深いため息をつく。

「だが私たちは、これ以上の愚を犯さないとそなたに誓おう。——ウィルフリード、此度の件はすべておまえに託す。手間をかけるが頼んだぞ」

「お任せください。国王、王妃、両陛下のご心労が軽くなるよう尽力します」

「ああ。では、またあとで会おう」

国王の言葉が会話終了の合図となった。

部屋を辞すと、ウィルフリードに肘を差し出され、そっと手を添える。

これから向かうのは、以前、王太子から婚約破棄を言い渡されたパーティ会場だ。断罪の舞台としては皮肉だったが、これも巡り合わせなのだろう。

長い廊下をふたりで進む間、自然と無口になった。すると、ウィルフリードが「俺がそばにいる」と、安心させるように囁いた。

「何者からもあなたを守ると約束する。気を楽にして臨めばいい」

当時その場にはいなくても、ここで何が行なわれたのかを彼は知っている。嫌な記憶の残る会場にいることで、ベアトリーセの心が傷つくことを心配していた。

「ウィルフリード様が隣にいてくださるのですもの。何も恐れてはおりません」

身覚えのない誹りを受け、悪女として婚約破棄を言い渡された。それまで妃教育で学び、努力してきたことを否定された。王太子と男爵令嬢の身分違いの恋を邪魔する悪役に仕立て上げられ、ただただ虚しかった。

父と兄がいてくれたから、あのときは毅然としていられた。そして今は、彼がそばにいてくれる。その事実は何よりもベアトリーセの気持ちを落ち着かせ、強く心を持つことができた。

「今日ですべてを終わらせる。そのためにここまで来た」

ウィルフリードが宣言すると、会場前に到着する。ふたりの姿を認めた儀仗兵が、精緻な細工が施された両開きの扉に手をかけた。

「バルシュミーデ公爵ご夫妻のご入場です」

高らかな宣言とともに、ウィルフリードと会場へ足を踏み入れた。

以前この場に来たときのベアトリーセは、まだクラテンシュタイン公爵令嬢だった。それが数ヶ月の時を経て、ウィルフリードの妻として王城を訪れている。そんな未来を想像すらしていなかったのだから、人生とは不思議なものだ。

入場すると、会場中の視線がふたりに注がれる。それも無理はなく、『赤眼の戦神』と、王太子に婚約破棄をされた『悪役令嬢』と噂されるふたりが夫婦となって公の場に姿を見せたのだから、注目度だけで言えばこの場の誰よりもあるだろう。

会場を見渡せば、父母と兄の姿もあった。彼らはベアトリーセと目が合うと一度頷き、不敵な笑みを浮かべている。

表向きの催しは、トラウゴット王国の国王の生誕を祝うパーティだ。毎年国内の主だった貴族を集め、王国の平和と繁栄を祝して行なわれている。

ただ、今年は少し様相が違っていた。

通常はまず、両陛下とともに王太子のユーリウスが入場し、集まった貴族らを前に口上を述べるのだが、今回は先にこの場に控えている。

それだけではなく、やけに物々しい警備兵に取り囲まれていた。その傍らには彼の男爵令嬢ミーネもいて、どこか居心地が悪そうに王太子に寄り添っている。

王族が坐する席は、国王と王妃、そして第二王子用の三脚しか用意されていない。それも、招待客に一種異様な雰囲気を感じさせている。

この場にいる貴族の大半は、今から起きる出来事を知らされていないただの観客だ。全容を知っているのは、国王と王妃、クラテンシュタイン家の父母と兄、そして、事前に根回しを行なったウィルフリードのみである。

「両陛下と第二王子殿下のご入場です」

高らかに宣言され、国王と王妃、第二王子のマティアスが現れた。

しかし、祝いの席にしては国王と王妃の顔色は優れず、陰鬱な表情である。集まった貴族らは、そこでまた違和感を強くした。

水面に広がる波紋のように、ざわめきが広がっていく。すると、一歩前に出たマティアスが張りのある声で一同に告げた。

「例年はまず王太子より集まった各人に挨拶を述べるところであるが、今回は陛下よりお言葉を賜ることになった」

ユーリウスよりもよほど堂に入った振る舞いをしたマティアスは、その場の視線が集まったことを確認し、国王へ視線を投げかけた。

かつてない様子から、何が起きるのかと皆が息を呑む。国王はそれまでの表情を一変させ、張りのある声で言い放つ。

「皆の者、よく集まってくれた。先に第二王子より知らせたように、今日はこの国の行く末を担う重要な決定をする。皆には、その証人となってほしい」

国王の目が、ほんの一瞬ユーリウスへ向いた。だがすぐに視線を戻し、この場にいる者すべてに聞こえるような声で告げた。

「本日をもって王太子のユーリウスを廃嫡とし、第二王子のマティアスを王太子とする！」

会場中に国王の声が響き渡った瞬間、最初に反応したのはユーリウスだった。

「父上……っ！　なぜそのような……！」

「控えよ、ユーリウス！　散々目をかけてやったというのに、おまえは自身を省みるどころか我が国を陥れようと企んだ。そのような人間を玉座に据えるなどあってはならぬ！」

断固とした国王の態度と言葉に、一同は水を打ったように静まり返った。

ユーリウスはわなわなと唇を震わせ、なぜ自分が廃嫡されるのかを理解できないというように国王を見上げている。

マティアスは、そんな兄の様子を痛ましげに眺めていた。

「兄上……父上と母上をこれ以上悲しませませぬよう、せめて潔く罪を認めてください」

「黙れ、第二王子の分際で……ッ」

国王たちへ駆け寄ろうとするユーリウスだが、すぐさま警備兵に取り押さえられた。

「離せ！　私は王太子……次代の国王となる尊き身なのだぞ！　無礼な真似をするな‼」

怒鳴り散らすユーリウスに、警備兵が答えることはない。両脇をしっかり抱えられた状態で、王族というよりは罪人と呼ぶにふさわしい有様を晒している。

「……バルシュミーデ公爵、此度の件の説明を頼む」

苦々しく息子を眺めていた国王が、ウィルフリードに命じる。彼は自身に集まる視線を気にも留めず、国王へ頭を垂れた。

「謹んで拝命いたします。——では、なぜ元王太子が廃嫡されるに至ったのか……経緯をお話しいたしましょう」

ウィルフリードはよく通る低い声で、周囲に説明を始めた。

国境付近で野盗の被害が出た件と、時を同じくして起きた公爵邸襲撃事件について、順を追って語っていく。

「野盗はならず者集団を装っていたグラウ王国の軍人でした。しかもその者たちは、我が領地、ひいては王都への侵攻を企んでいたのです」

バルシュミーデ公爵領を陥落させたのちに、そこを起点に王都へ攻め込もうとしていたこと、卑怯にもウィルフリードの弟妹を人質とし、北方守護軍を動かそうとしていたことなど、グラウ王国軍の企みがつまびらかになる。

この場に集まった者は眉をひそめ、ウィルフリードが無事だったことに安堵していた。

もしも、『赤眼の戦神』と呼ばれる男が王都に攻め入るようなことになれば、自分たちが太刀打ちできないことを知っているのだ。

だが、安心している者がいる一方で、みるみるうちに青ざめた者がいた。ユーリウスとミーネである。

彼らはここで初めて自覚したのだ。ここが自分たちのために用意された断罪の場だと。

「おまえの話と私の廃嫡になんの関係がある⁉　そもそも今の話が真実だと証明できる者などいないではないか！」

ユーリウスはなおも悪足掻きをした。己に罪はないと言い募る姿は鬼気迫っていたが、ウィルフリードは獲物を狩る獣のごとく冷徹さで罪人を追い詰める。

「証明ならできます」

彼が扉に目を遣ると、自然と招待客の目もそちらへ向く。大きく開かれた扉の向こうに立っていたのは、兄のフランツである。

兄は後ろ手に縛った男を連行し、会場の中心にいるウィルフリードへ差し出した。

「この男が証拠ですよ、〝元〟王太子殿下。あなたに命じられ、バルシュミーデ公爵邸に押し入った主犯だと証言している」

「なっ……言いがかりだ！」

フランツの発言にユーリウスが吠えるも、彼を信じる者はいなかった。国王自ら廃嫡を宣言したこと、これまで王太子らしからぬ言動を続けてきたことが徒となった形だ。

「──ユーリウス。おまえがそこの男爵令嬢のミーネ・アイゲンと共謀した証拠はほかにもある。見覚えがないとは言わせないぞ」

それまで敬語だったウィルフリードは口調を改めた。

懐から書簡を取り出し、周囲に見えるようにそれを翳す。

「おまえがグラウ王国へ送った書簡で署名もある。それに、王太子印もな」

王太子印は、ベアトリーセも見覚えがある。彼の執務を代わりに担っていたとき、王太子の印章だけはユーリウス自らが捺していた。

「この書簡には、我が国王陛下の王笏《おうしゃく》をグラウ王国に献上すると記されている。代わりに兵を貸してほしいと条件をつけてな」

王都を制圧したのちは、両陛下と第二王子殿下を幽閉し、自らが王となる。王妃にはミーネを据えるのだと書かれている。

「これでもまだ言い逃れするつもりか？　恥を知れ！」

動かぬ証拠を突きつけ、罪人に身を落とした〝元〟王太子を断罪するウィルフリード。

「くそっ……全部上手くいくはずだった！　それなのに……！」

ユーリウスはその場に膝をつき、悔しそうに大理石の床をたたく。その様は王族の威厳などすでになく、ただ醜悪な咎人だった。

その場にいた者が、声もなく遠巻きに罪人を眺める。すると、蒼白な顔で彼の傍らに立っていたミーネがそっとその場から離れようとした。しかしそれは叶わず、素早く動いた警備兵に取り押さえられる。

「な、何するのよ、離して……ッ」

「ミーネ・アイゲン、おまえには聞きたいことが多々ある。逃げようとしても無駄だ。仮に逃げたとしても、北方、南方守護軍が、地の果てまでも追いかける」

ウィルフリードが断言すると、国王が重々しく頷く。

「ユーリウスは王籍を剥奪し、王国法に則り裁判にかけることになる。男爵令嬢ミーネ・アイゲンも同様だ。――連れていけ」

国王の命により、ユーリウスとミーネが衛兵に取り囲まれる。

かくして、トラウゴット王国建国以来の事件は、王太子の廃嫡、そして、あらぬ中傷で婚約破棄をされたベアトリーセの名誉を回復し、決着したのだった。

その日、王都にある公爵邸に着くころには疲れ果てていた。

ユーリウスとミーネの投獄が国王より告げられると、パーティ会場に動揺が広がった。だが、新に王太子となったマティアスが兄の犯した罪を謝罪し、今後は自分が王国のために人生を捧げると皆に誓ったことで、奇しくも王太子の器を示しその場を収めている。

今回の事件が解決した裏には、アーベルとフランツの協力もあった。ウィルフリードは彼らに感謝を示し、彼らもまた、ウィルフリードへ敬意を払っている。

バルシュミーデ家とクラテンシュタイン家が手を組んで事件を解決したことは、長らく不仲とされた両家の雪解けを社交界へ知らしめる効果を齎《もたら》した。

「ウィルフリード様、ありがとうございました」

夫婦の寝室で夜着に着替えると、ベアトリーセは改めて夫に礼を告げた。

「殿下を……あの方を王城で断罪したのは、わたくしのためでもあったのですよね」

悪女の烙印を押され、婚約破棄をされたベアトリーセ。王城でのパーティは苦い思い出となっていたが、ウィルフリードはそれらすべてを払拭してしまった。

「あなたの名誉回復は、陛下の望みでもあったし俺の目的でもあった。だから礼を言う必要はない。それに……俺にとってあなたは、悪女ではなく女神なんだ」

ウィルフリードに引き寄せられ、軽く唇を重ねられた。

最初は戯れのようだった口づけは、少しずつ淫らで深いものへと変化する。頬や髪を撫でながら角度をつけてキスをされると、甘く身体が疼いてしまう。

「ん……」

貪るような口づけに酔いしれていると、寝台に押し倒された。

ウィルフリードはキスを解かぬまま、ベアトリーセの夜着をはだけさせた。露わになった肌を指でたどり、感触を愉しみながら胸の尖りを掠めていく。

「ウィルフリード様……わたくしばかり、恥ずかしいです……」

「そんなことはない。ベアトリーセの前だと常に乱れている俺のほうが恥ずかしいだろう」

彼は自身の纏う衣服を脱ぎ去り、鍛え抜かれた裸体を露《あら》わにした。筋肉質で軍人らしい色気があるが、その一方で反り返る彼自身は卑猥で禍々《まがまが》しい。

臍につくほど隆起した肉棒を目にして、つい顔を逸らす。ほんの一瞬見ただけだというのに、胎内が期待に濡れていた。

「ベアトリーセ……」

薄く唇を開いたウィルフリードが、端整な顔を近づけてくる。誘われるように唇を開くと、ふたたび深く重ねられた。

彼の舌が口内に侵入し、ぬるりと粘膜を舐っていく。挿し込まれた舌はひどく熱く、巧みに性感を煽ってきた。舌を擦り合わせられ、身体の奥底がうねり出す。

「ンッ……っぅっ、ん……」

舌が絡まり合い、口腔で唾液が攪拌される。耳の奥に響く卑猥な音で、さらに欲望を煽られた。息継ぎの合間に交わす視線にすらぞくぞくし、すっかり肌が火照っている。

ベアトリーセは内側から湧き出る淫熱を持て余していた。彼がほしくてたまらない。けれど、自ら欲しいと口にするのは躊躇《ためら》われ、ただただ必死になって逞しい胸に縋りついた。

「……困ったものだ。俺を求めさせたいのに、いつもあなたに負けてしまう」

観念したように自身の髪を乱したウィルフリードは、夜着の襟ぐりを引き下げた。

「あ……っ」

弾み出た豊乳に舌を這わせられ、乳首を吸い出すように強く吸われた。蜜孔からは欲情の証が滲み出てしまい、身を捩って逃れようとする。嫌がっているのではなく、感じている姿を見られることに羞恥を感じているのだ。

「んっ、あ……ぁっ」

「包み隠さず俺にすべてを晒せばいい」

両手で顔を隠していると、甘やかな声が聞こえてきた。おずおずと手を避ければ、胸から唇を離したウィルフリードと視線が絡み、小さく微笑まれた。ささいな表情やしぐさに心が奪われ、彼を愛しているのだと心が叫ぶかのようだ。

唾液に濡れた乳頭がてらてらと光り、淫靡な光景に息を呑む。胎の中が熱を持ち、愛撫で慣らされた体内が緩やかに開いていた。

「ベアトリーセ、愛している。あなたは俺のすべてだ」

至近距離で告白されたベアトリーセは、美しい宝石のような赤眼を真っ直ぐに見つめた。

「わたくしも……ウィルフリード様がいなければ生きていけません」

やっとのことで答えると、ウィルフリードが嬉しそうに相好を崩す。

彼のこんな表情を見られるのは、自分だけの特権だ。ぎゅっと背中に腕を回すと、乳房に顔を埋められた。勃起した乳首に舌を絡ませ、太ももに手を這わせられる。

足の付け根に到達した無骨な指が、濡れそぼつ恥部をかき混ぜた。花弁を散らすなだらかな動きに翻弄されて、ベアトリーセは甘く喘ぐ。

「は、ぁっ……ンッ、は……」

舌と指で愛撫され、蜜口からあふれ出した淫蜜がいやらしい音を響かせる。どこに触れられても心地よく、もっと触れられたいとねだってしまいそうだった。

胸から快感がせり上がってくる。そちらに気を取られていると、ウィルフリードは見計らったかのように蜜孔に指を挿入した。

「ウィルフリード、様……ぁっ」

蕩けた淫口は、喜び勇んで指を受け入れた。

愛液を蓄えた媚壁を擦り立てられて腰を震わせると、胸の尖りに歯を立てられる。全身が彼の思うままに快感を植え付けられ、もっと強い刺激を求めた最奥が蠢いている。

「ん、っ、あぁ……ッ」

くちゅくちゅと淫音を立てて肉壁を押され、そうかと思えば親指で花芽を引っかかれる。敏感になっているそこは何をされても愉悦となって、ベアトリーセを苛んだ。

「もっとだ。……もっとあなたを溺れさせたい」

乳首から唇を離したウィルフリードが、肉洞に挿れた指を増やす。堪らず腰を左右に揺らせば、彼は追い込むように蜜襞を責め立てた。

「んぁっ……もう、これ以上、は……」

愛撫だけで達してしまいそうになり、涙目でウィルフリードを見つめる。彼の熱で満たされたいと言外にこめれば、彼の喉が上下に動く。

「っ……その顔に俺は弱いんだ」

息を呑んだウィルフリードが、身体を起こして膝立ちになった。すでに昂ぶっているのか、淫らに下衣が押し上げられている。

逸るように前を寛げた彼は、猛々しい太棹を取り出した。脈打つそれに手を添え、ベアトリーセの割れ目に擦り付けてくる。

先走りと愛液が混じり合い、ぬちゅぬちゅと音を立てる。知らずと内股に力を入れたとき、膝頭を掴まれた。

「何度抱いてもあなたがほしくて、おかしくなりそうだ」

「あ、ぁあぁ……ッ！」

視界いっぱいに広がる愛しい人の姿に、全身が喜びに震えた。心の充足が愉悦を高め、ベアトリーセの意識を彼一色に塗り替える。

ぐっと体重をかけて腰を進めたウィルフリードは、一気に最奥まで肉槍を突き刺した。子宮口を押し込むほど長大な彼自身は、蜜肉の内側ではち切れそうなほど硬くなっている。

「あなたを知るほどに愛しくなる。このまま俺の腕の中から出したくなくなりそうだ」

ウィルフリードは熱のこもった声で言うと、ベアトリーセの乳房を鷲づかみにした。その刹那、今度は激しい抽挿が始まった。

膨張した肉竿に内壁を圧迫されると、蜜洞が収縮する。待望の刺激を与えられ、全身が総毛立っていた。

自分が淫らになった気がするが、それでも構わないと思えた。どれだけ乱れようとも、彼は受け入れてくれると信じているからだ。

頤を反らせて快感に耐えていると、ウィルフリードが容赦なく腰をたたき込んでくる。深く重い突き上げは息苦しさすら覚えるが、肉筒は雄槍を食い締めて離さない。

「っ、く……ベアトリーセ……」

感じ入ったように漏れた声に、ぞくぞくする。彼もまた夢中になっているのだ。端整な顔に

淫欲を滲ませ、一心に穿ってくる。

余裕のない突き上げは、愛の深さの証だった。ウィルフリードが求めてくれる嬉しさを全身で感じ取り、うっとりと快楽を享受する。すると次の瞬間、不意に身体を反転させられた。

「あっ……!?」

結合を解かぬまま後背位となると、うなじに唇が落ちてくる。挿入角度が変化したことで新たな喜悦が生まれ、ベアトリーセは身悶えた。

両手で乳房を揉みしだかれ、奥底まで彼自身を埋め込まれる。恐ろしいほどに感じてしまい、髪が乱れるほどに首を振る。

「だ、め……ぇっ、激し……」

「っ、く……どこまで、あなたに溺れればいいんだ？　俺は」

耳朶に触れる呼気にすら感じて身震いする。

獣のように四つん這いになり、腰を高く突き上げる体勢になった。普段ならありえない格好だが、羞恥よりも強い快楽で意識が朦朧としている。

「もう俺は、あなたと離れられない」

粘膜の摩擦が齎す淫悦が強く、彼に答えたくても声にならない。

思うままに突き上げられた蜜窟は、快楽の頂点へ向かって大きくうねる。ベアトリーセは我を忘れるほどに没頭し、夢中になって彼を呼ぶ。

「ウィル……ウィル……んあぁ……っ」

熟れきった肉洞が雄茎を深く食み、びくびくと痙攣する。腹の内側が蠕動し、とうとう快楽の頂点に導かれた。

「あ、あっ、ぁあああ……っ――！」

「く、っ……！」

ベアトリーセが達したと同時、ウィルフリードが腰を強く押し込んできた。体内にいた彼自身は限界まで膨張し、熱い飛沫を最奥へ注ぐ。

蜜窟を満たす白濁は温かく、身体中が彼に染め上げられていくようだ。

婚約破棄をされたときは、これほどしあわせな結婚生活が待っているなんて予想すらしなかった。今あるしあわせは、ウィルフリードが諦めずに求婚し、愛を注いでくれたからこそあるものだ。

薄れていく視界に、愛を湛えたウィルフリードの赤眼があった。ベアトリーセは幸福を感じながら、愛する夫へ微笑みかけた。

エピローグ

ベアトリーセがバルシュミーデ公爵領に嫁いでから季節をひとつ跨いだころ。結婚式が執り行なわれることになった。場所は王都の大聖堂で、国王と王妃たっての希望である。

二大公爵家の結婚とあり、国内の主要貴族が参加した。両陛下や王太子となったマティアスも出席し、王国の守護軍を担う両家にふさわしい規模になった。

国を挙げての挙式は、暗い話題を払拭《ふっしょく》するためでもある。元王太子、ユーリウスが罪を犯したことが国民に周知されたからだ。

ユーリウスとミーネは、国家転覆を企てた罪により、流刑地送りとなった。王族としても貴族としても特権を剥奪され、ふたりともに平民として罪を償うことになる。おそらく一生減刑されずに刑期を過ごすだろうと、ウィルフリードは語っていた。

苦労を知らなかった王太子が平民になるだけでなく、罪人として生きていかねばならない。彼と縁があった身として複雑な気持ちになったものの、これも彼の者が自ら選んだ道だ。

隣国のグラウ王国は、トラウゴット王国に対し多額の賠償金を支払っている。また、バルシユミーデ公爵領と隣接するグラウ王国の一部領地を献上することで話が落ち着いた。国境を隔てた場所に山林があり、今後はその場を含めてウィルフリードの管轄《かんかつ》となる。

期せずして領地が増えたが、『警備体制の見直し含め検討が必要だ』とは彼の言だ。管理する土地が増えれば面倒も多いが、そういった厄介ごとを含めてウィルフリードは引き受けたのだろう。

「ベアトリーセ」

声をかけられて振り返ると、愛しい夫が笑顔で立っていた。

結婚式が終わり、王都にある公爵家の別邸へ移動したものの、今までクラテンシュタイン家の人々が訪れていたため、ウィルフリードは彼らの相手をしてくれていた。

ようやく寝室でふたりきりになったときは夜も更け、さすがに疲れきっていたが、これほど喜びに溢れた疲労感はない。

「ウィルフリード様、今日はありがとうございます。両親や兄が喜んでいました」

「あなたも疲れただろう。リカードとルイーゼから、目を離さずにいてくれたから」

「おふたりとも、とてもお行儀がよかったですよ。同じ年頃のお友達もできたみたいで、とても楽しそうでした」

「そうだな……今日は、俺にとって忘れられない日となったし、いつになく楽しんでいた。北方守護軍の指令として常に役目を頭の片隅に置いていたが……挙式やパーティの間は一個人として過ごしていた。こんなことは初めてだ」

公爵家を継いで以降、心から安らげたことはなかった。だが、ベアトリーセと結婚してからは、これまでにない充足感を得ているのだと彼は語る。

「あなたが俺の妻となってくれたのは奇跡だな」

「それはわたくしの台詞ですわ。ウィルフリード様が見初めてくださったから、わたくしは幸せを得たのです」

微笑んだベアトリーセに、ウィルフリードも同意を示す。

互いの存在こそが幸福の象徴なのだと、改めて自覚するベアトリーセだった。

あとがき

初めまして、もしくはお久しぶりです。御厨翠です。

『冷酷と噂の公爵閣下と婚約破棄された悪役令嬢のしあわせ結婚生活』をお手に取ってくださりありがとうございました。

蜜猫文庫では二作目、二年ぶりの刊行になります本作は、婚約者の王太子に悪女に仕立て上げられたヒロインと、軍人として名高いヒーローの物語です。

ヒロインは自分に課せられた役目を果たすため、ヒーローは国や幼い弟妹と家門を守るために人生を捧げる人生。そんなふたりが出会ったことで、初めて自分の幸せのために行動することになります。

それまで頑張って生きてきた主人公ふたりなので、幸せを願いながらの執筆になりました。

イラストは前作『皇帝陛下の溺愛花嫁』に続き、Ｃｉｅｌ先生がご担当くださいました。カバーラフを見させていただきましたが、ラフからもう素晴らしく格好いいヒーローと可憐なヒロインに仕上げて下さっています。

先生のイラストの大ファンなので、自作をご担当いただける喜びを噛み締めております。

Ｃｉｅｌ先生、ご多忙のところお引き受けくださりありがとうございました。

最後になりますが、担当編集様、版元様、毎回ご迷惑をおかけして申し訳ございません……。本作をご覧くださった皆様、お手紙で励ましてくださった皆様に、この場を借りてお礼申し上げます。

またいつかどこかでお会いできますように。それでは。

令和五年　十月刊　御厨　翠

Mitsuneko Label

蜜猫文庫をお買い上げいただきありがとうございます。
この作品を読んでのご意見・ご感想をお聞かせください。
あて先は下記の通りです。

〒102-0075 東京都千代田区三番町 8 番地 1 三番町東急ビル 6F
(株)竹書房　蜜猫文庫編集部
御厨翠先生 /Ciel 先生

冷酷と噂の公爵閣下と婚約破棄された悪役令嬢のしあわせ結婚生活

2023 年 10 月 30 日　初版第 1 刷発行

著　者　御厨翠　
発行者　後藤明信
発行所　株式会社竹書房
〒102-0075 東京都千代田区三番町 8 番地 1 三番町東急ビル 6F
email : info@takeshobo.co.jp
デザイン　antenna
印刷所　中央精版印刷株式会社

エヒロインに転生して断罪されたけど、最強魔術師の王子様に溺愛されてます!?

花菱ななみ
Illustration ウエハラ蜂

今日は、全部許して
くれるんじゃなかったの？

流罪にされる道中の船が難破してリケジョであった前世を思い出したアンジェラは、孤島に住む天才魔術師で王太子のクリスと知り合う。お互い探り合いながら仲を深めていく中、クリスが強大なドラゴン討伐に行かねばならなくなった。童貞卒業すれば彼が魔術師として強くなれると知ったアンジェラは彼に抱かれる決心をする。「欲望が収まらない。このまま続けてもいい？」初めての好きな人との行為はもの凄く気持ちよくて—!?

蜜猫文庫